Die Tochter des Vampirjägers

Von Sabrina Kiehl

Über die Autorin:
Sabrina Kiehl wurde 1987 in Stuttgart geboren. Sie wollte schon vieles werden: Musicaldarstellerin, Journalistin, Fluglotsin oder Programmiererin. Aber ihre Leidenschaft galt schon immer dem Schreiben.
"Die Tochter des Vampirjägers" ist ihre erste Romanveröffentlichung.
Auf der Leseplattform Sweek veröffentlicht Sabrina außerdem Kurzgeschichten und Romanrohfassungen.

Die Tochter des Vampirjägers

Von Sabrina Kiehl

Bibliografische Information der Deutschen Nationalbibliothek: Die Deutsche National-bibliothek verzeichnet diese Publikation in der Deutschen Nationalbibliografie; detaillierte bibliografische Daten sind im Internet über dnb.d-nb.de abrufbar.

1. Auflage
TWENTYSIX – Der Self-Publishing-Verlag
Eine Kooperation zwischen
Der Verlagsgruppe Random House und
BoD – Books on Demand

© 2018 Kiehl, Sabrina

Coverdesign:
Magical Cover Design, Giuseppa Lo Coco
www.magicalcover.de

Herstellung und Verlag:
BoD – Books on Demand, Norderstedt.

ISBN: 9783740745028

1. Kapitel

Binnen weniger Sekunden hatte sich die gemütliche Runde in ein Schlachtfeld verwandelt. In der Ruine eines Bauernhofes hatten sich die Vampire in Sicherheit gewähnt, nun wimmelte es dort von Vampirjägern, die mit ihren Opfern kurzen Prozess machten. Mit ihren Schwertern enthaupteten sie jeden Vampir, der ihnen in den Weg kam. Einige Vampire stellten sich den Angreifern mit verzweifeltem Mut in den Weg, um die Stellung zu verteidigen, doch sie standen auf verlorenem Posten, der Überraschungsmoment hatte den Jägern einen tödlichen Vorteil verschafft.

Alexis bewahrte in dem Chaos die Nerven. Er war einer der wenigen, die niemals unbewaffnet unterwegs waren. Er brauchte nur einen gezielten Schuss, um sein Gegenüber zu töten – durch ihre Sterblichkeit waren die menschlichen Angreifer ihm unterlegen.

Hätte er es nicht mit so vielen Feinden zu tun, wäre ihm der Sieg gewiss, so aber war es aussichtslos, selbst wenn jeder seiner Schüsse tödlich wäre.

Der Hof war verloren. Diese Schlacht würde der Feind gewinnen.

Ohne zu zögern, kämpfte er sich zum nächsten Fenster durch, darum bemüht, Munition zu sparen.

Mit seinem gesamten Körpergewicht warf er sich gegen die Scheibe, die mit einem lauten Klirren zerbrach – das Kampfgetöse verschluckte den Laut.

Niemand hinderte ihn an der Flucht. Ein Entkommener spielte für die Vampirjäger keine Rolle: An diesem Abend dürften mindestens zweihundert Vampire auf dem Hof gewesen sein, von denen die meisten keine Chance hatten.

Es dauerte nur eine halbe Stunde, dann hatten die Jäger das Gebäude erobert. Bloß eine Handvoll Vampire, darunter auch Alexis hatten sich in einem angrenzenden Waldstück versteckt.

Von dort aus wurden sie Zeugen des grausigen Schauspiels: Nachdem die Jäger die letzten Verteidiger bezwungen hatten, begannen sie, die Leichen vor der Ruine zu sammeln.

Zum Schluss übergossen sie den Haufen mit Benzin und entzündeten einen Scheiterhaufen. Das Feuer verwandelte die Körper der Toten in Staub, sodass keine Spuren vom nächtlichen Kampf zurückblieben, während die Jäger sich um ihr Freudenfeuer versammelten.

Das Feuer, das Alexis aus der Ferne sah, konnte sich nicht mit jenem in ihm messen. Hass und der Wunsch nach Rache wühlten in seinem Herzen. Noch wusste er nicht einmal zu sagen, wie viele Freunde er eben verloren hatte. Trotzdem wusste er bereits, dass er für jeden Toten grausam Rache nehmen würde.

Von seinem Versteck aus versuchte er, sich die Gesichter der Jäger einzuprägen.

Einer stach heraus: Rafael Meloy, jener Vampirjäger, der systematisch die Vernichtung der Vampire plante. Er hatte die anderen Jäger, die früher als Einzelgänger gearbeitet hatten, vereint und aus ihnen eine Armee gemacht, die nun verheerende Angriffe auf die Vampirwelt ausführte.

Er musste diesen Anschlag geplant und gewusst haben, dass die Vampire auf dem Hof größtenteils unbewaffnet waren.

2. Kapitel

June atmete erleichtert auf, als kurz vor Sonnenaufgang der Wagen ihres Vaters wieder in die Einfahrt fuhr. Sie speicherte noch die letzte Datei ab und eilte ihm entgegen.

Jedes Mal, wenn er abends aufbrach, war sie in größter Sorge. Ihr Vater mochte der beste Vampirjäger der Stadt sein, aber auch er war nicht unsterblich – anders als seine Gegner.

Rafael Meloy schloss sie freudig in die Arme.

»Du solltest doch nicht auf mich warten.«

Wie hätte sie schlafen können, obwohl sie wusste, dass ihr Vater irgendwo gegen blutgierige Monster kämpfte und vielleicht nicht zurückkehrte?

»Ich habe mir Sorgen gemacht.«

»Das musst du doch nicht. Mir ist nichts passiert und auch keinem anderen, dafür ist von den Vampire nur Staub übrig.«

»Waren es viele?«

Ihr Vater trat ins Wohnzimmer. Gelassen streifte er seinen Ledermantel ab und warf ihn achtlos über die Couch, bevor er sich aus einem Schrank eine Flasche Whisky holte und einen großen Schluck nahm.

So machte er das immer, er wollte den faulen Geschmack des Kampfes runterspülen.

Zumindest sagte er das.

»Mehr als ich erwartet hatte«, er lächelte, »du hattest Recht, es war ein Volltreffer, daran werden die Blutsauger eine Weile zu knabbern haben.«

June versuchte, sein Lächeln zu erwidern. Sie hatte gehofft, ihre Informationen wären fehlerhaft.

Nach gründlichen Recherchen hatte sie auf einem alten Bauernhof ein Versteck ausgemacht, in dem sich nachts mehrere Hundert Vampire aufhielten.

Sie plante alle Einsätze der Vampirjäger, aber mit einer solchen Übermacht hatten sie es selten zu tun – zumal ihr diesmal nur fünfzig Mann zur Verfügung gestanden hatten.

Ihr Vater hatte die Gefahr für sich und seine Leute wieder fahrlässig unterschätzt, wie er es oft tat, und Junes Warnungen in den Wind geschlagen.

In den letzten Jahren hatten sie viele Großangriffe gegen die Vampirwelt ausgeführt, meist mit beeindruckendem Erfolg. Aber inzwischen kannten die Vampire ihren Feind und mit jedem Angriff lernten sie ihn besser kennen. Mit jedem Tag wuchs die Gefahr für die Jäger.

»Hast du keine Angst, dass sie auf Vergeltung aus sein könnten?«, fragte sie ihren Vater, der jedoch zunächst einen weiteren Schluck aus der Flasche nahm.

»Ich bitte dich! Das sind niedere Kreaturen, die interessieren sich nicht für andere. Einem Vampir ist es egal, ob ein anderer stirbt, solange er selbst überlebt. So jemand denkt nicht an Rache.«

June seufzte und verließ den Raum. Sie wollte versuchen, zu schlafen, bevor sie sich wieder an die Arbeit machte. Auf ihrem Schreibtisch stapelte sich die Arbeit bis unter die Decke und in den nächsten Stunden würde der Stapel um einiges höher werden.

Es stellte kein Problem dar, herauszufinden, wo Rafael Meloy lebte, Alexis hatte die Adresse aus einem anderen Vampirjäger herausgeprügelt. Ein einzelner Jäger war ihm hoffnungslos unterlegen, schließlich war er nur ein Mensch.

Bei der Gelegenheit hatte er sich auch über Meloy informiert. Erstaunlicherweise hatte der sogar Familie: drei Töchter, deren Mutter bereits verstorben war.

Die beiden älteren Töchter waren nicht weiter interessant, weil sie den Kontakt zum Vater abgebrochen hatten. Die Jüngste allerdings lebte noch bei ihm und war sogar an dessen Arbeit beteiligt.

Unglücklicherweise hatte Alexis nicht erfahren, welche Rolle sie spielte, aber immerhin hatte er ihre Handynummer.

Aus dem Dunkel traten Frank und Jonathan zu ihm, er hatte sie herbestellt. Alleine wollte er es nicht mit Rafael Meloy aufnehmen.

»Warum treffen wir uns nicht im Club?«, wollte Jonathan wissen.

Doch Alexis hatte es nicht nötig, auf Fragen der beiden zu antworten, denn er hatte den höheren Rang. Stattdessen deutete er auf ein altes Fachwerkhaus, »Wisst ihr, wer hier wohnt?«

»Ein paar besonders hübsche Mädchen, die gerade leichtbekleidet eine Kissenschlacht machen? Das wäre nämlich der einzige Grund, der den weiten Weg rechtfertigen könnte.«

Alexis ignorierte den Vorwurf.

Seine beiden Freunde gehörten sicher nicht zu den intelligentesten Exemplaren ihrer Art, was er zum ersten Mal als Vorteil betrachtete: Sie würden seinen Plan nicht in Frage stellen.

»Rafael Meloy und seine jüngste Tochter.«

Die beiden Vampire wurden blass, wie es auch viele andere in dieser Situation geworden wären.

Allein der Name Meloys verbreitete Angst und Schrecken.

Die beiden wussten nicht, dass der Vampirjäger außer Haus war. Alexis dagegen hatte beobachtet, wie der Mann vor einer Stunde das Haus verlassen hatte und zu einer Bar gefahren war.

Im Haus befand sich höchstens noch die Tochter, vor der man sich kaum fürchten musste.

»Spinnst du? Weißt du nicht, dass Meloy letzte Woche den alten Hof dem Erdboden gleichgemacht hat?«, Frank flüsterte nur, aus Angst, man könnte ihn hören.

»Doch, das weiß ich – ich war dabei und genau deshalb sind wir hier.

Im Übrigen ist der alte Meloy auf Sauftour«, die beiden atmeten erleichtert auf, »ich will mich an Meloy rächen.«

Jonathan nickte, »Und was hast du vor? Sollen wir hier warten, bis er zurückkommt, und ihm dann das Licht auspusten?«

Alexis musste zugeben, dass dieser Vorschlag gleichermaßen simpel, wie verlockend war – nichts wollte er lieber, als Meloy tot sehen, aber er hatte einen besseren Plan.

Als er seine Freunde im Leichenfeuer gesehen hatte, hatte er beschlossen, dass Meloy leiden sollte.

Und seit er wusste, dass der Jäger Vater war, hatte er eine sehr genaue Vorstellung davon, wie dieses Leid aussehen sollte: Seine Familie war der wunde Punkt des Vampirjägers.

»Das wäre zu einfach, ich habe einen besseren Plan.«

Frank schüttelte entschlossen den Kopf, »Du meinst, einen gefährlicheren Plan!«

Alexis zuckte mit den Schultern, »Sag bloß, ihr seid neuerdings Feiglinge?«

Das ließen die beiden natürlich nicht auf sich sitzen.

Stolz war die Schwäche vieler Vampire, wodurch sie leicht zu manipulieren waren.

Frank seufzte, »Also, was hast du vor?«

Alexis lächelte, voller Stolz auf seinen raffinierten Plan, »Meloy liebt seine Familie über alles. Das Schlimmste, was ihm passieren könnte, ist, dass er sie verliert.«

»Du willst seine Familie töten?«, hakte Frank nach, der Plan fand seine Zustimmung.

»Besser«, Alexis sah zu den hell erleuchteten Fenstern des Hauses, »Ich will, dass seine eigenen Töchter ihn töten.«

June war erstaunt, wie ruhig die Woche verlaufen war. Nach dem Großangriff auf die Ruine hatte sie mit Vergeltungsschlägen der Vampire gerechnet, aber diese waren ausgeblieben, abgesehen von vereinzelten Überfällen auf Menschen in der Innenstadt, alles im normalen Rahmen.

»Schau nicht so finster drein – es ist doch alles friedlich.«

Michael beugte sich von hinten über sie und schaltete den Monitor ihres Computers aus, widerwillig drehte sie sich nach ihm um.

»Wie war deine Patrouille?«, erkundigte sie sich tonlos.

Der junge, blonde Vampirjäger lächelte und warf seinen schwarzen Mantel über die Couch – wie ihr Vater, Michael kopierte ihren Vater sogar im Hinblick auf den Hang zur Unordnung.

Unter dem Mantel kam ein enges, kurzärmeliges T-Shirt zum Vorschein, unter dem sich sein muskulöser Oberkörper abzeichnete. Als er Junes Blicke bemerkte, streckte er sich genüsslich, um jeden einzelnen, sorgfältig trainierten Muskel zur Geltung zu bringen.

»Es war alles ruhig. Ich habe nur ein paar Blutsauger auf der Nahrungssuche ertappt und beseitigt.«

Seine strahlend blauen Augen funkelten, er liebte den Kampf gegen die Vampire – wie ihr Vater.

»Du kannst also beruhigt in deine Liste eintragen, dass ich keine Vorkommnisse zu melden habe.«

June nahm den ironischen Unterton wohl zur Kenntnis, »Vergiss nicht, dass es meine Listen waren, die euch diesen Großeinsatz verschafft haben.«

Sie hatte es satt, dass alle Jäger ihr die mühevolle Arbeit mit Spott und Hohn dankten! Immerhin hatte sie geschafft, was ihr Vater immer gewollt hatte, die Vampirjäger in der ganzen Stadt zu vereinen.

Sie stand mit allen in ständigem Kontakt, sammelte alle Informationen und organisierte die Einsätze. Ihr hatten sie es zu verdanken, dass es in der ganzen Stadt kaum noch ein Vampirversteck gab, das die Jäger nicht kannten und regelmäßig ausräumten.

Der groß gewachsene Nachwuchsjäger wurde für einen Moment ganz klein und ging vor ihr in die Hocke.

»Ich weiß, ohne dich müssten wir bei der Arbeit die ganze Zeit im Dunkeln tappen«, säuselte er mit einem süffisanten Lächeln zu ihr herauf, aber June hatte nicht vor, sich so besänftigen zu lassen.

»Wie wäre es, wenn ich dich als Dank auf einen Drink einlade?«

Michael hatte wieder einmal eine Chance gewittert – es war immer dasselbe Elend mit ihm.

June wand demonstrativ den Blick ab, »Wenn du etwas trinken willst, dann geh zu meinem Vater, der freut sich über deine Einladung.«

Entschlossen drehte sie den Stuhl zu ihrem Schreibtisch und schaltete den Monitor wieder ein.

»Warum lässt du mich immer so auflaufen? Ich will dich endlich anders als nur bei der Arbeit kennenlernen.«

Sie antwortete ihm nicht, sondern machte sich wieder an ihren Unterlagen zu schaffen.

Michael war ihrem Vater auch in dieser Hinsicht ähnlich. Er sah nicht ein, dass ein Vampirjäger nur für Jagd lebte.

Ihr Vater hatte das nie geglaubt und eine Familie gegründet.

Was war daraus geworden? Die Mutter tot, die beiden älteren Geschwister auf und davon, und June vergeudete ihr Leben für ihn am Computer.

Wenn er eines Tages starb, sollte Michael seinen Platz einnehmen, am liebsten mit June als Ehefrau – damit alles in der Familie blieb. Bis auch Michael eines Tages dem Kampf zum Opfer fiel.

»Antworte mir, June!«

Sie antwortete wieder nicht und Michael verließ verärgert das Haus, allerdings nicht, ohne die Tür mit einem lauten Knall zuzuwerfen.

Sie seufzte, noch etwas, das er mit ihrem Vater gemein hatte.

Genau im richtigen Moment klingelte ihr Handy, sodass sie nicht länger über Michael nachdenken musste.

Alexis hatte sich die Sache gut überlegt, schon bevor er sich mit seinen Freunden getroffen hatte, war ihm klar gewesen, dass der Jäger, den er überfallen hatte, für ihn noch von Nutzen sein würde. Daher hatte er ihn nicht umgebracht, sondern lediglich gefesselt und eingesperrt, er war der Köder.

Jonathan und Frank hatte er auf die beiden älteren Schwestern angesetzt, das sollte die beiden nicht überfordern. Er selbst befasste sich mit der jüngsten Tochter, da sie unter dem direkten Einfluss des Vaters stand. Sie zu umgarnen könnte schwieriger werden.

Im Handy des Jägers hatte Alexis die Nummer von June Meloy gefunden und diese unter einem Vorwand herbeigerufen.

Nur eine Stunde später fuhr ein schwarzer Mercedes vor. Alexis kannte ihn bereits, es war der Wagen von Rafael Meloy.

Kurz fürchtete er, der Jäger selbst wäre gekommen, dann allerdings öffnete sich die Tür der Fahrerseite und eine junge Frau stieg aus.

Er hatte sie sich anders vorgestellt.

Ein Mauerblümchen, Papis kleiner Liebling, doch stattdessen traf er auf eine attraktive junge Frau.

June Meloy war nicht gerade groß, dafür von einer überwältigenden Ausstrahlung, die ihm für einen Moment die Sprache verschlug. Ihre dunklen, langen Haare wehten im Nachtwind und fielen auf eine leuchtend gelbe Seidenbluse, zu der sie eine lange schwarze Hose trug.

Sie eilte über den verlassenen Hof und schien dabei fast zu schweben.

Alexis hatte sie zu dem Bauernhof bestellt, an dem ihr Vater kürzlich ein Massaker angerichtet hatte. Dorthin hatte er auch den angeschlagenen Jäger gebracht.

Neben dem Bewusstlosen kniend, wartete er vor dem ehemaligen Wohngebäude.

»Was ist passiert?«

June Meloy ging neben dem Verletzten in die Knie und fühlte seinen Puls.

Erleichtert stellte sie fest, dass er noch lebte.

»Er wollte nur nachsehen, ob die Vampire das Gelände wieder als Versteck benutzen«, log Alexis.

»Als er nicht zur vereinbarten Zeit zurück war, bin ich hergekommen, um nach dem Rechten zu sehen und fand ihn so.«

Die junge Frau sah ihn misstrauisch an, »Und wer bist du?«

Alexis lächelte, er hatte mit dieser Frage gerechnet, »Alexis, ein Freund von ihm, sein Lehrling sozusagen.«

Einen Moment schien sie, zu zweifeln, dann aber nickte sie.

»Wir müssen ihn zu einem Arzt bringen. Hilf mir bitte, ihn zum Wagen zu tragen.«

June konnte ihr Misstrauen nicht verbergen.

Manuel war ein guter Jäger, er ging keine unnötigen Risiken ein. Gewöhnlich sagte er ihr bereits im Voraus, wo er auf die Jagd gehen wollte, aber diesmal hatte sie nichts von ihm gehört, bis dieser Fremde, Alexis, sie von Manuels Handy aus angerufen hatte.

Viele Jäger hatten Lehrlinge, sie gaben ihr Handwerk an junge Männer weiter, das war Tradition, wie ihr Vater sein Wissen an Michael weitergab.

Allerdings hatte Manuel nie von einem Lehrling gesprochen, obendrein sah dieser Alexis nicht nach einem Kämpfer aus. Sicher, er war ein Bild von einem Mann, aber lange nicht so muskelbepackt wie Michael oder ihr Vater.

Er war groß, elegant und attraktiv, mit seinem braunen Haar und lebendig grünen Augen könnte er einem Gemälde entsprungen sein.

Seine Kleider wirkten teuer, waren allerdings nicht kampftauglich. Insgesamt taugte Alexis nicht zum Jäger, eher zum Model.

Dennoch hob er den bewusstlosen Manuel ohne die geringste Anstrengung hoch und trug ihn zum Wagen, als wöge er nichts, dabei war Manuel einer der fülligsten Jäger. So ungern sie es zugab, in Alexis schlummerten Kräfte, die man ihm bei Weitem nicht ansah.

June stand fassungslos da und sah ihn an.

Er lächelte voller Genugtuung, als habe er gewusst, dass sie ihn für einen Schwächling hielt.

Hastig folgte sie ihm zum Wagen und öffnete die Tür, damit Alexis den Verletzten auf die Rückbank legen konnte.

»Steig ein!«, befahl sie dann, um nach dem peinlichen Staunen ihre Autorität wieder zu erlangen.

Alexis ließ sich das nicht zweimal sagen, er öffnete die Beifahrertür und setzte sich neben sie.

»Kann es sein, dass du mich nicht magst?«, fragte er ganz offen heraus, als sie den Wagen startete.

»Das bildest du dir ein.«

Er hatte Recht – merkwürdige Umstände hin oder her, noch nie hatte sie für einen Menschen solche Abneigung empfunden. Hätte sie die Wahl, würde sie sogar lieber mit Michael ausgehen, als eine weitere Minute mit diesem Alexis zu verbringen.

Irgendetwas an ihm stimmte nicht.

Er hatte eine befremdliche Ausstrahlung, fremdartig und leblos. Andererseits waren da diese grünen Augen, bei denen sie das Gefühl hätte, verschlungen zu werden, wenn sie hineinblickte.

Er bemerkte ihren forschenden Blick und beantwortete ihn mit einem kalten, aber charmanten Lächeln.

»Verrätst du mir auch, wer du eigentlich bist, und, was du mit uns Jägern zu schaffen hast?«

»Ich bin June, die Tochter von Rafael Meloy.«

Ihr Ton ließ keinen Zweifel daran, dass sie nicht mit ihm sprechen wollte, allerdings schien Alexis, das geflissentlich zu ignorieren.

»Bist du eine Jägerin?«

»Nein, ich koordiniere die Einsätze und sammle die Informationen.«

Nun wurde sein Lächeln unheimlich, in seinen Augen blitzte etwas Gefährliches auf, »Dann haben wir solche Einsätze wie neulich Nacht dir zu verdanken?«

»Ich habe den Einsatz größtenteils geplant.«

»Hast du keine Angst, dass die Vampire dir das übelnehmen könnten?«

Sie zuckte mit den Schultern.

»Wenn die wüssten, dass es mich gibt, müsste ich vermutlich Angst haben. Aber ich kann mich verteidigen, ich bin schließlich die Tochter eines Jägers.«

»Hast du schon mal gegen einen Vampir gekämpft?«

»Nein, das nicht …«

Alexis grinste breit, er machte sich über sie lustig!

»Würdest du einen Vampir überhaupt erkennen?«

June biss sich auf die Lippen.

Woher sollte sie wissen, ob sie einen Vampir erkennen würde? Ihr Vater hatte nie ein Wort darüber verloren, woran ein Vampir zu erkennen war.

Ihre einzigen Anhaltspunkte wären die spitzen Eckzähne oder die Sonnenallergie, die üblichen Klischees.

Die Jäger verließen sich auf ihre Instinkte. June hatte diesen Instinkt nicht, sie musste sich auf das goldene Armband mit dem kleinen Elfenbeinkreuz verlassen, es sollte Vampire vertreiben.

Ein Geschenk ihres Vaters.

Alexis lachte, »Woher willst du wissen, dass ich kein Vampir bin?«

»Wenn du ein Vampir wärst, hättest du mich vermutlich längst gebissen und Manuel getötet. Vampire sind einfach gestrickt, für sie dreht sich alles darum, ihren Blutdurst zu stillen.«

Alexis sagte nichts, er zog überrascht eine Augenbraue hoch. Hatte er etwa gedacht, sie wüsste das nicht?

Alexis wartete draußen, während June in der Praxis des Arztes war, der sie bereits vor dem Haus erwartet hatte.

Alexis war überrascht, wie organisiert die Vampirjäger waren – kein Vergleich zu den Vampiren.

Es war alles andere als verwunderlich, dass sie mit ihren Angriffen so erfolgreich waren. Seine Leute handelten instinktiv, die Jäger bereiteten jeden Zug sorgfältig vor – mit Junes Hilfe.

Umso verwunderlicher war es, dass die Tochter eines Vampirjägers so wenig über ihre Feinde wusste.

Alexis hatte erwartet, dass sie zumindest gut aufgeklärt, wenn nicht gar selbst eine Jägerin war, als Rafael Meloys Tochter müsste sie die Veranlagung dazu geerbt haben.

Stattdessen kannte sie nur die üblichen Klischees, das hatte er aus ihrer Reaktion auf seine Frage gelesen.

Sie dachte vermutlich, Vampire wären totenbleich, mit spitzen Eckzähnen und einer peinlichen Abneigung gegen Knoblauch. So sehr er diese Vorurteile auch verabscheute, sie kamen ihm in diesem Fall sehr gelegen.

Nach einer Weile kam sie wieder heraus und trat neben ihn.

»Er wird sich bald erholen, es ist nur eine Gehirnerschütterung. Der Arzt behält ihn für ein paar Tage da.«

Das hörte Alexis gerne.

Es würde sicher mehrere Tage dauern, bis der Jäger ihn enttarnen konnte, vorläufig stellte er keine Gefahr dar.

June lächelte, wenngleich es gekünstelt wirkte.

»Alleine hätte er es vermutlich nicht mehr vom Bauernhof weggeschafft. Zum Glück hast du nach ihm gesehen.«

»Das war doch selbstverständlich.«

Ihr Blick verriet tiefe Dankbarkeit und zum ersten Mal schien das Misstrauen daraus verschwunden.

Sein Plan war aufgegangen, sie begann, ihm zu vertrauen. Der verletzte Jäger hatte ihm den Weg geebnet.

Inzwischen hatte er seinen ursprünglichen Plan, sie schnellstmöglich zu einer seiner Art zu machen und dann auf ihren Vater zu hetzen, über den Haufen geschmissen.

Bei ihrem Gespräch im Wagen hatte er entdeckt, dass June für ihn von größerem Nutzen sein konnte.

Sie spielte für die Vampirjäger eine bedeutende Rolle – was noch wichtiger war, sie kannte alle mit Namen.

Das war die Chance, das ganze Jägernetzwerk zu zerschlagen. Über sie würde er sich alle Namen und Adressen der Jäger besorgen, dann konnte er alle einzeln überfallen, wo sie es am wenigsten erwarteten: Zuhause.

Bis dahin musste er seine persönliche Rache an Meloy zurückstellen.

»Nicht wirklich. Die meisten Jäger sind Einzelgänger, für die das Schicksal ihrer Kollegen keine Rolle spielt.«

Sie ging zum Wagen und schloss die Tür auf, stieg allerdings nicht ein, sondern drehte sich nach ihm um.

Alexis trat mit seinem charmantesten Lächeln einen Schritt auf sie zu, »Ich bin eben anders.«

»Das allerdings, du siehst nicht einmal aus, wie ein Jäger.«

Dessen war er sich bewusst, das war eine gefährliche Schwachstelle in seinem Plan, er war nun einmal ein Vampir. Er hatte übermenschliche Kräfte, die Vampirjäger dagegen waren Muskelpakete, die ständig Gewichte stemmen mussten, um in Form zu bleiben. Diese auffälligen Muskeln fehlten Alexis.

Natürlich sah er tausendmal besser aus, als diese Männer mit all ihren Kampfnarben und ihrer rohen Art. Das war auch June nicht entgangen, sie wusste es allerdings nicht zu deuten.

Ein Jäger dagegen hätte sofort gewusst, dass er es mit einem Vampir zu tun hatte.

»Das nehme ich als Kompliment«, erwiderte er freundlich.

»So war es nicht gemeint.«

»Wie dann?«

»Du bist nicht stark genug, du wirst es als Jäger nicht weit bringen.«

Er zuckte mit den Schultern, »Du solltest mich nicht unterschätzen, ich bin stärker als es scheint.«

»Vampire sind sehr stark. Du hast es doch gesehen! Selbst ein kräftiger Mann wie Manuel war ihnen unterlegen.«

Allerdings, den Jäger zu überfallen war erstaunlich einfach gewesen.

Der entscheidende Unterschied war jedoch weniger die Muskelkraft, als die Schnelligkeit. Ein Schrank von einem Mann, wie Manuel, konnte einem wendigen Vampir einfach nicht schnell genug ausweichen.

»Sorgst du dich etwa um mich?«

Er hob eine Hand und berührte vorsichtig ihr Haar, es war weich und frisch gewaschen, er konnte sogar den Blütenduft ihres Shampoos wahrnehmen.

Erschrocken wich June einen Schritt vor ihm zurück, bis sie mit dem Rücken gegen den Wagen stieß. Sie hatte keine Möglichkeit zur Flucht. Das war seine Chance und er wusste sie zu nutzen.

In all den Jahren wäre June die erste Frau, die sich seinem Charme widersetzen konnte.

»Bilde dir nichts darauf ein!«

Er konnte ihr Herz schlagen hören, seine leichteste Übung als Vampir. June fühlte sich in die Enge getrieben, sie wusste, in welch unglücklicher Lage sie sich befand.

»Warum willst du es nicht zugeben?«

»Weil du es offensichtlich falsch verstehen willst. Ich sorge mich um alle Jäger, weil sie leichtsinnig gegen eine gewaltige Übermacht kämpfen«, beim Sprechen stolperte sie über ihre eigenen Worte und stotterte leicht – Alexis musste sich ein Lachen verkneifen.

»Warum wirst du dann rot?«

Er genoss seinen Triumph noch einen Moment, während er erneut ihr weiches Haar berührte.

Er genoss den Moment, jedoch nicht in so, wie er es wollte. Es machte ihm Spaß, sie so mit dem Rücken zur Wand zu sehen, er spielte gerne mit seinen Opfern, wie die Katze mit der Maus – aber ein Teil von ihm wollte, dass die kleine Maus ihn umarmte und ihren Widerstand aufgab.

Nein, es machte keinen Spaß mehr.

Er gab sie wieder frei und ohne ein weiteres Wort stieg sie in den Wagen.

3. Kapitel

»Du wirkst so angespannt.«

Beim Klang von Alexis' Stimme fuhr June erschrocken zusammen.

Sie war sogar sehr angespannt, die Vampire verhielten sich ungewöhnlich ruhig, nicht nur, dass es keine Vergeltungsschläge gegeben hatte, die Jäger berichteten, dass sie auch auf ihren Rundgängen kaum Vampire zu Gesicht bekamen.

Die einzige Ausnahme stellte der Überfall auf Manuel in der vergangenen Nacht dar. June hatte natürlich einen Aufklärungstrupp zum Tatort geschickt, aber die Jäger hatten nichts Verdächtiges bemerkt.

Und zu allem Übel musste sie sich nun auch noch mit Alexis herumschlagen, der sich unbemerkt zu ihr ins Haus hatte schleichen können.

»Wie bist du hereingekommen?«

Er lächelte, schnappte sich einen Stuhl und setzte sich zu ihr an den Schreibtisch.

»Die Terrassentür stand offen.«

June wollte widersprechen, war sie doch sicher, die Tür geschlossen zu haben, um Michael auszusperren, aber wie sollte Alexis sonst ins Haus gekommen sein? Sie konnte sich beim besten Willen nicht vorstellen, dass er die Tür aufgebrochen haben sollte.

»Und was willst du hier?«

Solche Überraschungsbesuche waren nicht üblich, die Jäger kamen nicht einfach so bei ihr vorbei, sie riefen an oder sprachen mit ihrem Vater.

Viele wussten nicht einmal, wie sie aussah.

»Brauche ich denn einen Grund, um herzukommen?«, Alexis lächelte, »Vielleicht wollte ich dich einfach wieder sehen. Du scheinst dich allerdings nicht sonderlich über meinen Besuch zu freuen.«

Freuen?

Nein, ganz bestimmt freute sie sich nicht, ihn wieder zu sehen. So charmant er auch sein mochte, sie hatte keineswegs vergessen, wie er sie in die Ecke getrieben hatte.

Das allein war nicht so schlimm, das Problem war, dass sie sich nicht gewehrt hatte, obwohl sie es gekonnt hätte.

Bei Michael hätte sie nicht gezögert, ihm den Arm oder etwas anderes zu brechen …

»Ich mag es nicht, wenn sich jemand an mich heranschleicht.«

»Das hatte ich auch gar nicht vor, aber du warst so in deine Arbeit vertieft.«

Als wäre das Entschuldigung genug …

»Warum hast du nicht einfach geklingelt?«

Er zuckte mit den Schultern, »Ich gehe selten den einfachen Weg.«

Wieder schenkte er ihr ein Lächeln begleitet von einem so intensiven Blick, dass es ihr für einen Moment die Sprache verschlug und ihren Widerspruch im Keim erstickte.

»Das habt ihr Jäger alle an euch – leider.«

»Wenn du so wenig von uns hältst, warum arbeitest du dann für uns?«

»Mein Vater ist Rafael Meloy, das sagt doch alles.«

Mit einem Mal wirkte Alexis erstaunlich ernst, fast schon betroffen.

»Zwingt er dich dazu?«

June seufzte, »Von zwingen kann man nicht sprechen … Irgendwer muss sich eben um Dad kümmern.«

Sie versuchte, zu lächeln, merkte allerdings, dass es nicht gelingen wollte.

»Was ist mit deiner Mutter, ist sie nicht für deinen Vater da?«

»Sie ist tot und meine Schwestern sind längst aus dem Haus.«

»Und warum gehst du nicht auch?«

Sie zuckte mit den Schultern, »Mein Vater braucht mich.«

Michael hatte sich mit seiner Runde beeilt und manche Gebäude hatte er nur kurz gestreift. Genauigkeit war unnötig, die Vampire hatten sich zurückgezogen, um ihre Wunden zu lecken – der Großangriff auf dem

Bauernhof hatte seine Wirkung nicht verfehlt.

Michael hatte in den letzten Nächten nur vereinzelt Vampire getötet, worüber er nicht traurig war. Es war angenehm, nachts auch Zeit für etwas anderes zu haben.

Allerdings würde dieser Frieden nicht von Dauer sein, es gab immer noch viele Vampire in der Stadt und es wurden täglich mehr. Eine solche Masse konnte sich nicht über längere Zeit verstecken, irgendwann mussten sie sich neue Opfer suchen und dann würden sie sich wieder dem Kampf mit den Jägern stellen müssen.

Aber an diesem Abend würde es ruhig bleiben, er konnte sich erlauben, seine Runde früher zu beenden und sich auf den Weg zu June zu machen.

Er wollte seinen Fehler vom Vortag wieder gut machen, wenn er auch nicht wusste, welchen Fehler er überhaupt begangen hatte.

Diesmal, das hatte er sich geschworen, würde June seine Einladung nicht ausschlagen.

Statt an der Tür zu läuten, ging er – wie üblich – durch den Garten zur Terrassentür. Gerade in den lauen Sommernächten ließ June diese oft offen, damit die Katze ungehindert ein- und ausgehen konnte.

Seit er das herausgefunden hatte, benutzte er die Terrassentür meist als Eingang.

Das Haus der Meloys war für ihn ein zweites Zuhause, eines Tages würde er schließlich Rafaels Platz einnehmen, am Besten mit June als Frau. Für beides hatte er längst Rafaels Segen, nur June war noch nicht überzeugt.

Dann aber stand er vor der verschlossenen Glastür. Durch das Fenster konnte er sehen, dass Junes Arbeitsplatz verlassen war.

Wo sollte sie hingegangen sein?

Alexis wollte sich selbst zu diesem gelungenen Schachzug beglückwünschen. Ohne die geringste Anstrengung hatte er June überzeugt, mit ihm etwas trinken zugehen.

Dabei hatte er angenommen, auf Granit zu beißen, immerhin hatte sie ihn am Vorabend auf der Straße stehen lassen.

Aber sie war auch nur eine Frau, ganz egal, wie ungewöhnlich ihre Familie war – sie war einfach nicht in der Lage, seinem Aussehen und Charme zu widerstehen. Und erfreut bemerkte er, dass ihre Miene in der kleinen Bar bald freundlicher und offener wurde, als fielen die Sorgen ihrer Arbeit von ihr ab.

»Du hast ein wunderschönes Lächeln, es steht dir besser als diese Falten auf der Stirn vorhin.«

Er wollte ihr diese ernste Maske endlich vom Gesicht reißen, sie schien immer irgendwie bedrückt.

Und welche Frau war nicht empfänglich für Komplimente?

»Warum sagst du das?«

Ihre abweisende Antwort überraschte ihn, June wollte es ihm wohl schwer machen.

Dabei hatte er es ernst gemeint, sie war eine bildhübsche Frau, besonders ihre energische Art hatte es ihm angetan.

»Weil es wahr ist und ich dachte, du würdest dich freuen, es zu hören. Vielleicht auch, weil ich gehofft hatte, du würdest für mich noch einmal lächeln.«

»Das meinst du nicht ernst, du sagst es nur, weil du irgendwas von mir willst. So ist es immer.«

»Ist es das?«

Er schenkte ihr ein weiteres umwerfendes Lächeln, was sie jedoch nicht umstimmte, im Gegenteil …

»Was willst du von mir? Willst du, dass ich dir helfe, ein besserer Jäger zu werden? Dass ich dich mit den anderen bekannt mache? Dich meinem Vater vorstelle?«

Das war das Letzte, was Alexis wollte, ein erfahrener Jäger würde ihn vermutlich auf den ersten Blick als Vampir enttarnen, im Gegensatz zu June.

»Aber nein, du meinst doch sowieso, dass ich mich nicht als Jäger eigne. Aber wenn du meinst, ich müsste etwas wollen, um nett zu dir zu sein, dann bitte«, er lehnte sich über den Tisch zu ihr herüber, »ich will einen Kuss.«

Natürlich wich June zurück, noch ehe er handeln konnte. Er hatte auch nichts anderes erwartet, trotzdem kränkte ihre Zurückweisung ihn.

Er hätte sie gerne geküsst, ihr kleiner Schmollmund reizte ihn, besonders da sie sich zierte.

Schon am Vorabend, als er die Gelegenheit dazu gehabt hatte, hatte er ihr einen Kuss stehlen wollen, und bedauerte, dass er es nicht getan hatte.

Er verstand sich selbst nicht, bei jeder anderen Frau hätte er die Gelegenheit schamlos ausgenutzt, nur bei June hatte er Bedenken, sie zu sehr zu bedrängen.

Seufzend richtete er sich wieder auf, während June ihn verunsichert ansah.

»Ich wusste nicht, dass man sich so sehr vor einem harmlosen Kuss scheuen kann«, bemerkte er traurig, um Junes Mitleid zu erregen, »Also hast du doch etwas gegen mich.«

Das ließ sie natürlich nicht auf sich sitzen, »Nein, das ist es nicht!«

»Was dann? Nur, weil ich ein Jäger bin?«

Er sah Junes Verlegenheit. Sie wusste ihm keine Antwort zu geben, er hatte sie erfolgreich in die Ecke getrieben.

Niedergeschlagen blickte sie auf die hölzerne Tischplatte. Leider vermittelte ihm dieser Anblick nicht das Siegesgefühl, das er sich gewünscht hatte, vielmehr versetzte er seinem Herzen einen Stich.

Diesen Anblick konnte er nicht ertragen – wo er sie doch in diese Situation gebracht hatte und das auch noch absichtlich.

Ohne zu zögern, stand er auf, trat mit zwei großen Schritten neben ihren Stuhl und nahm ihren Arm.

June sah ihn verwirrt an, leistete allerdings keinen Widerstand, als er sie hochzog, um sie in seine Arme zu schließen.

»Was soll das?«, flüsterte sie zaghaft, wobei sie ihm in die Augen sah.

Ihre Augen waren wundervoll, sie strahlten so viel Leben aus, wirkten so leidenschaftlich. Ihr Braun, obwohl eigentlich so gewöhnlich, zog ihn in seinen Bann, es schien magisch.

»Wonach sieht es denn aus?«, raunte er nur noch, bevor er sich zu ihrem Gesicht herab beugte und sie liebevoll küsste.

Es fühlte sich gut an. Seine Lippen waren warm und weich, seine Arme schienen so kraftvoll, als er sie hielt. Nein, sie wollte sich nicht wehren. Sie sah in seine Augen, dieses Grün, so intensiv, so lebendig, so tief. Darin lag etwas, was sie noch nie gesehen hatte, nicht einmal benennen konnte, das sie aber ganz in seinen Bann zog. Fast wollte sie meinen, die Farbe wechselte zwischen verschiedenen Grünschattierungen, sie schienen sanft zu flackern.

Sie sah nicht nur in seine Augen, sie versank darin, vergaß sich für einen Moment, schloss sogar die Augen – ehe Alexis sich von ihr zurückzog.

»Und war es nun so schlimm?«, fragte er flüsternd, sichtlich zufrieden mit dem Ergebnis seines Angriffs.

June schluckte. Was sollte sie antworten? Sie wollte es nicht, sie wollte keine Zuneigung oder gar Liebe für einen Jäger empfinden.

Sie wollte keine von diesen Frauen sein, die stets um das Leben ihres Liebsten fürchten und eines Tages, viel zu früh, um ihn trauern mussten. Wenn sie einem solchen Mann ihr Herz schenkte, wie sollte sie sich dann je aus der Umklammerung dieser Welt von Jägern und Vampiren befreien?

»Willst du mir nicht antworten?«

Noch immer war sein Blick so sanft, seine Miene weich und seine Stimme so liebevoll – weder forsch noch ungeduldig. Er schien zu wissen, was in ihr vorging, und erwartete ihre Antwort. So gerne wollte sie ihm diese Antwort auch geben, ihm die Genugtuung verschaffen.

Alles in ihr schrie danach.

Vielleicht würde er ihr dann noch einen Kuss schenken, noch einen süßen, lieben Kuss …

Sie wand hastig den Blick ab.

Alexis allerdings blieb ruhig und geduldig, er hielt sie immer noch dicht an sich gezogen fest, hielt sie gefangen.

»Was hast du, June?«, er legte zwei Finger unter ihr Kinn, um ihr Gesicht wieder zu seinem zu drehen, »Wenn du nicht mit mir sprichst, kann ich dich weder verstehen noch dir helfen.«

Sie seufzte und antwortete kläglich, »Lass mich einfach gehen, Alexis.«

»Nicht ohne eine Antwort! Nicht bevor du mir gesagt hast, was sich in den letzten Augenblicken so sehr verändert hat, dass du mich eben noch küssen konntest und mir nun nicht mal mehr in die Augen schaust!«

Statt ihr die Gelegenheit zur Antwort zu geben, küsste er sie erneut.

Wieder durchflutete sie dieses angenehm warme Gefühl, sobald ihre Lippen sich berührten.

»Bitte nicht«, wisperte sie mit gesenktem Blick, »akzeptier doch mein ›Nein‹!«

Alexis lachte leise auf, »Dein ›Nein‹? Wann hast du mir das gesagt?

Vielleicht mit deinen verliebten Blicken? Oder mit dem Kuss eben?«

»Mach es mir doch nicht so schwer!«

Sie wand sich, bis er sie schließlich freigab und freiwillig einen Schritt Abstand zwischen sie beide brachte.

»Ich mache es dir schwer? Ist es nicht eher umgekehrt?«

Der junge Jäger seufzte tief und geräuschvoll, »Na gut, ich bringe dich nach Hause.«

June war betrübt darüber, dass er wirklich aufgab, eigentlich wollte sie doch überredet werden, seinem Drängen nachgeben.

Sie schwiegen den ganzen langen Weg, den sie zuvor plaudernd in wenigen Minuten zurückgelegt hatten. Alexis wusste nichts zu sagen, er versuchte vergeblich, ihre Reaktion nachzuvollziehen.

Er hatte geglaubt, sie durchschaut zu haben, zu wissen, was in ihr vor sich ging und wie er sie beeinflussen konnte. Hatte er sich getäuscht?

Immer wieder warf er vorsichtig einen Blick zur Seite, auf June. Sie sah starr auf die Straße, hob den Blick keinen Moment und vermied jeden Augenkontakt. Wenn sie auch schwieg, ihr Gesicht sprach für sich.

Sie war deprimiert. Irgendetwas ging in ihr vor und nicht zu wissen, was es war, macht ihn unruhig. Ihr Leid mit anzusehen, schmerzte ihn.

Er wollte ihr so gerne helfen, etwas Tröstendes sagen oder ihre Probleme für sie lösen. Aber er wusste einfach nicht, wie.

Er hatte noch nie jemanden getröstet und wollte sie nicht durch seine Unfähigkeit nicht noch mehr verletzen.

Trotzdem musste er etwas tun.

Er schwieg, bis sie das alte Fachwerkhaus erreichten. Dann fasste er entschlossen Junes Hand und hielt sie fest, bevor sie ohne ein Wort im Haus verschwinden konnte – was sie zweifellos gerne getan hätte.

»Lass mich nicht in dieser Ungewissheit! Sag mir, was dich bedrückt. Bitte.«

June sah ihn nicht an, »Das spielt keine Rolle, das zwischen uns kann einfach nicht sein.«

»Ich habe eigentlich den Eindruck, dass zwischen uns längst etwas ist – auch wenn du versuchst, das zu leugnen.«

Diesmal fackelte er nicht lange, er wusste, wie er June überzeugen konnte, zumal er ihr an Selbstbewusstsein und an Kraft weit überlegen war.

Ohne die geringste Anstrengung trieb er sie mit dem Rücken gegen die Wand und versperrte ihr den Fluchtweg.

»So einfach kommst du mir nicht davon, meine Süße. Ich will wissen, was mit dir los ist.«

June sah ihn verschreckt an, aber auch das änderte seinen Entschluss nicht. Er würde sie nicht eher von der Stelle lassen, als er das Problem gelöst hatte.

»Ich habe dich sehr gerne, June.«

Er zögerte einen Moment, dann küsste er sie nochmals.

»Ich habe dich ja auch gerne, aber …«

June hatte den Blick schüchtern abgewandt, auf ihren Wangen zeigte sich leichte Röte.

»Kein ›Aber‹. Es gibt kein Problem, das wir nicht aus der Welt räumen könnten.«

Er lächelte zuversichtlich, immerhin hatte er nun einen Teilsieg davon getragen: Sie wagte wieder, ihn anzusehen.

»Du machst es dir zu einfach«, erwiderte sie.

»Nimm dir ein Beispiel an mir, versuch es mit ein wenig Leichtigkeit.«

Wieder senkte er die Lippen auf ihre und wieder erwiderte sie seinen Kuss. Er musste sie nicht mehr festhalten, im Gegenteil, sie legte beide Hände auf seine Schultern, zog ihn sogar noch dichter zu sich.

Einen Augenblick lang war alles klar und einfach. June erfüllte ihm den sehnlichen Wunsch, mit ihrem langen, genießerischen Kuss. Alexis spürte, wie sie sich ihm öffnete und nutzte die Gelegenheit, er dachte nicht weiter darüber nach. Er gab sich vollkommen seinem Verlangen hin.

Es war nicht mehr nur ein Spiel, sein Plan verlor schlagartig an Bedeutung. Er wollte nur June, sie besitzen und küssen, wissen, dass sie sein war.

Plötzlich spürte er einen brennenden Schmerz an seiner linken Schulter. Erst nur ganz leicht, dann wurde der Schmerz immer heftiger, bis er zusammenzuckte.

Es schien ihm, als brenne seine Haut. Er konnte nicht anders, er wich einen Schritt zurück.

Da erst entdeckte er das Brandloch in seinem T-Shirt. Darunter war die verbrannte Haut zu sehen, rot leuchtete dort eine frische, kreuzförmige Brandwunde.

June sah Alexis entsetzt an, sie wollte es nicht begreifen. Sie sah die Wunde an seiner Schulter und wusste, woher sie stammte, wollte es aber nicht glauben.

Die Wunde war die exakte Abbildung des kreuzförmigen Anhängers an ihrem Armband, das sie stets trug, seit ihr Vater es ihr zum zehnten Geburtstag geschenkt hatte. Es sollte Vampire fernhalten. Diese Verletzung an Alexis' Schulter konnte nur eines bedeuten, auch wenn ihr allein der Gedanke, das Herz zerriss.

»Du bist ein Vampir!«

Die Worte schmerzten, sie konnte es kaum aussprechen. Es durfte nicht sein! Gerade, als sie geglaubt hatte, ihm vertrauen zu können.

Er sah nicht aus, wie ein Vampir. Er war nicht totenbleich und hatte auch keine spitzen Eckzähne. Er hatte nicht einmal versucht, sie zu beißen!

Am liebsten hätte sie es geleugnet, doch auf seiner Schulter leuchtete ihr das Kreuz entgegen – ein untrügliches Zeichen seiner Herkunft.

»Lass mich das erklären«

Zu ihrer Überraschung wirkte er tatsächlich bestürzt, als hätte er selbst nicht gewusst, was er war.

Aber das gehörte zu seiner Maskerade, genau wie der Kuss eben.

Er war ein Vampir, er wollte nichts weiter als ihr Blut – hätte sie nicht das Armband getragen, wäre er vermutlich bei der nächsten Gelegenheit über sie hergefallen.

Ohne, dass sie etwas dagegen tun konnte, traten dicke Tränen in ihre Augen.

Wie hatte sie nur so dumm sein können? Ihm vertrauen, wo ihr Gefühl sie doch ständig gewarnt hatte.

Bevor Alexis Gelegenheit hatte, sie aufzuhalten, rannte sie ins Haus und knallte ihm die Tür vor der Nase zu.

4. Kapitel

»Was ist heute los mit dir? Du bist niedergeschlagen, schweigsam und du trinkst dieses Bier mit einer Abneigung, die zum Himmel schreit«, meinte Frank spöttisch, als Alexis eine leere Flasche von sich schob.

Er war kein Freund von Alkohol, trotzdem saß er schon mehrere Stunden in einer Bar und versuchte, seinen Schmerz mit Alkohol zu lindern. Frank und Jonathan leisteten ihm Gesellschaft, versuchten aber nur noch halbherzig, mit ihm ins Gespräch zu kommen. Er war darüber froh, er wollte nicht mit den beiden über seinen Kummer sprechen – verstehen konnten sie ihn ja doch nicht.

Immer noch quälte ihn die frische Brandwunde an seiner Schulter, ebenso wie der Stachel der Einsamkeit, der sich immer tiefer in sein Herz bohrte.

Er hatte June gerne, ihre Nähe tat ihm gut, darüber hätte er fast vergessen, dass es Bestandteil seines Planes war, sie zu töten.

Er durfte sich nicht in June verlieben.

»Liegt es an dieser Jägerstochter? Macht sie es dir schwer?Sollte sie etwa deinem umwerfendem Charme widerstehen können?«, witzelte Jonathan belustigt.

Dabei machte er keinen Hehl aus seinem Neid, weil Alexis eine ungewöhnliche Anziehungskraft auf alle Vampirinnen ausübte, wohingegen Frank und Jonathan nehmen mussten, was übrig blieb. So schrieb es die Gesellschaft vor, Alexis war der ältere, der wichtigere Vampir.

»Als ob das Alexis interessieren würde! Eine gewöhnliche Frau verspeist der doch zum Frühstück!«, erwiderte Frank an seiner Stelle.

Vor Kurzem noch hätte Alexis diese Worte jederzeit unterschrieben, im Moment zweifelte er an sich selbst und seinem Verstand. June war für ihn keine gewöhnliche Frau, sie hatte sein kaltes Herz erobert.

»Wie weit bist du denn mit ihr? Hat sie schon angebissen?«, wollte nun Frank wissen, misstrauisch, weil Alexis nicht auf das Geplänkel nicht einging. Natürlich konnte Alexis ihnen nicht die Wahrheit sagen, er würde nur Spott ernten und seine Autorität aufs Spiel setzen.

»Ich habe entschieden, anders vorzugehen«, verkündete er im Befehlston.

»Wieso das denn? Sag bloß, du hast Gefallen an ihr gefunden?«

Die beiden lachten ausgiebig über den gelungenen Scherz – Alexis strafte sie mit zornigen Blicken.

Was war an dem Gedanken so lächerlich?

»Sie könnte für uns von großem Nutzen sein, sie verwaltet alle Informationen, plant Angriffe und kennt alle Jäger persönlich«, er bemühte sich, kühl und berechnend zu klingen, um keinen Verdacht zu erregen, »wenn ich ihr Vertrauen gewinne, komme ich an die Daten heran. Solange muss unser eigentlicher Plan warten.«

Jonathan zog eine Augenbraue hoch und bedachte ihn mit einem argwöhnischen Blick.

»Was soll das bringen? Wozu willst du wissen, wer diese Männer sind? Ändert das etwas?«

In Momenten wie diesem hätte Alexis seinen Freund am liebsten geohrfeigt – als Strafe für seine Dummheit. Dass er nur an die Gegenwart, nie an die Zukunft oder die Vergangenheit dachte! Solche Leuchten, wie Jonathan und Frank, hatten mit Sicherheit nicht der Vampirgesellschaft zu Wohlstand und einem gewissen Maß an Sicherheit verholfen.

Aber es war diese Beschränktheit im Denken, die ihm von Nutzen war – ein intelligenter Vampir hätte seinen Liebeskummer möglicherweise erkannt, im Gegensatz zu diesen Schwachköpfen.

»Wenn ich die Namen und die Adressen der Jäger bekomme, können wir dem Spuk ein Ende machen.

Wir können sie heimsuchen – einer allein, von mir aus auch zwei oder drei, sind uns zweifellos unterlegen. Ihr ganzer Vorteil liegt darin, dass sie uns zahlenmäßig überlegen sind und uns mit ihren Angriffen überraschen. Wir drehen den Spieß um!«

Seine beiden Freunde sahen ihn erstaunt an.

»Wir dachten, du wolltest deinen kleinen Rachefeldzug genießen – von einer Großoffensive hast du nichts gesagt.«

Frank musterte ihn aufmerksam, teilweise verwirrt.

Alexis hatte diesen Plan eigentlich begraben, in dem Moment, als er June das erste Mal küsste.

Nach dem jähen Ende seiner Beziehung zu June, die noch nicht einmal begonnen hatte, versuchte er, wieder zu seinem alten Ich zurückzukehren. Allerdings war es ihm eher danach selbst zu sterben, als andere zu töten.

Er hatte sein eigentliches Ziel aus den Augen verloren, er hätte sich diesen Gefühlen für June nicht hingeben dürfen. Sie war sein Feind.

»Warum nur einen Jäger töten, wenn man alle los werden kann? Das neulich war das letzte Mal, dass ich geflohen bin!«, fuhr er energisch fort.

Immerhin kauften die beiden ihm das ab – sie erklärten den Jägern mit mehreren Trinkschwüren den finalen Krieg. Alexis nahm zum Schein daran Teil, er war geistig an einem anderen Ort.

Er musste Junes Vertrauen zurückgewinnen, wenigstens so weit, dass er seinen Plan in die Tat umsetzen konnte.

Vielleicht war es von Vorteil, dass er nun enttarnt war, so musste er nicht länger vorgeben, er wäre ein Mensch. Warum sollte er also nicht alle Mittel, die ihm zur Verfügung standen, nutzen?

Unglücklich betrachtete June ihr Spiegelbild.

So jämmerlich hatte sie sich noch nie gefühlt und vermutlich auch nie ausgesehen. Ihr Gesicht und ihre Haut waren vom Weinen gerötet, ihr Haar zerzaust und ihre Lippen vom Küssen gerötet.

Zum Glück war ihr Vater noch nicht zurück, sie wusste nicht einmal, ob er auf der Jagd oder beim Trinken war – wichtig war nur, dass er sie nicht in dieser Verfassung sah.

Um keinen Preis wollte sie ihrem Vater von Alexis erzählen.

Er würde ihr Vorwürfe machen, weil sie so unaufmerksam gewesen war, weil sie einen Vampir nicht vom Menschen unterscheiden konnte, und, weil sie feige geflohen war, statt sich zu verteidigen.

Wahrscheinlich würde er sie die nächsten Monate kaum aus den Augen lassen und ihr obendrein Michael als Aufpasser aufhalsen – eine gerechte Strafe für ihre Dummheit.

Verständnis konnte sie nicht erwarten. Nicht von Rafael Meloy, dem großen Jäger.

Schnell wand June sich von ihrem eigenen Spiegelbild ab und legte sich ins Bett.

Sie wollte schlafen und sich mit schönen Träumen trösten, für eine Weile aus dieser kalten Welt, in der hinter jeder Ecke ein Feind lauerte, entfliehen.

Kaum lag sie im Bett, da übermannte sie bereits der Schlaf. Dankbar schloss sie die Augen und sank ins Land der Träume.

»Du bist eben doch nur eine gewöhnliche Frau«, murmelte Alexis leise, als er sich überzeugt hatte, dass June fest schlief.

Er hatte angenommen, sie nur unter größten Anstrengungen manipulieren zu können, aber, wie jede andere zuvor, war sie seiner Hypnose widerstandslos erlegen. Es war beinahe zu leicht gewesen, deshalb hatte er befürchtet, sie habe sich nur schlafend gestellt, um ihn in eine Falle zu locken.

Ihr Atem ging ruhig, der zierliche Körper lag entspannt und regungslos. Kein Zweifel, sie schlief. Nicht einmal, als er sich neben ihr auf das Bett setzte, wachte sie auf.

Doch er hatte aus ihrer letzten Begegnung gelernt, deshalb nahm er ihr zunächst das Armband ab, um sicherzustellen, dass er sich nicht erneut daran verbrannte.

Bei diesem Gedanken schmerzte die Wunde von neuem. Das Kreuz hatte sich tief in seine Haut eingebrannt.

Die meisten Verletzungen stellten kein Problem für seinen Körper dar, sie heilten binnen Minuten, Verbrennungen waren eine Ausnahme. Feuer und das Licht der Sonne waren die schlimmsten Feinde der Vampire, abgesehen von den Jägern.

June lag friedlich und wehrlos in ihrem Bett. Unfreiwillig zeigte sie ihm nun eine andere Seite, sie schien zierlicher, zerbrechlich und unwirklich – als wäre sie eine Fee, einer friedvollen Märchenwelt entsprungen.

Vorsichtig strich er mit den Fingerspitzen über ihre Wange – wie weich und warm ihre Haut war, wie sehr er sich danach sehnte, sie zu berühren. Unvorstellbar, dass dieses sanfte und schwache Wesen in den Krieg zwischen Mensch und Vampir verwickelt sein sollte.

Natürlich hätte er die Situation ausnutzen können, um sich ihres willenlosen Körpers zu bedienen. Es wäre einfach, sie würde sich nicht einmal daran erinnern, es höchstens als Traum in Erinnerung behalten.

Aber das war es nicht, was er wollte. Er wollte sehen, wie sie seine Berührungen genoss, hören, wie sie ihn um mehr bat, spüren, wie sie seine Zärtlichkeiten erwiderte. Nicht nur ihren Körper wollte er, sondern ihre Liebe.

Sie sollte ihm ewige Liebe schwören. Sie sollte ihm gehören, nur ihm!

»Wach auf, Süße«, kaum hatte er den Befehl in ihr Ohr gehaucht, da setzte sie sich schon auf und sah ihn an. Sie harrte stumm aus, machte keine Anstalten, Widerstand zu leisten. Sie stand unter seinem Bann, in einer Art Trance.

Er würde leichtes Spiel mit ihr haben.

»Morgen früh wirst du alles vergessen haben, alles, was heute Abend war, alles, was zwischen uns steht.«

Er sah eindringlich in ihre leeren Augen, wie leblos sie wirkten, wie fremd.

»Ich kann nicht.«

Wie konnte sie seinen Befehl verweigern?

»Du musst es vergessen«, wiederholte er entschlossen.

Um keinen Preis durfte er aus Verwirrung die Kontrolle über June verlieren, sonst könnte sie verfrüht aus der Trance erwachen.

»Ich darf es nicht vergessen.«

Prüfend sah er ihr in die Augen. Nein, kein Zweifel, sie stand unter seinem Bann – ihr Blick war leer, ihre Augen glasig, er hatte Erfolg gehabt. Warum gehorchte sie dann nicht?

»Du musst, June, sonst können wir nicht glücklich werden.«

»Aber du bist ein Vampir, wir können nicht glücklich werden.«

»Natürlich können wir das, liebste June, du musst es nur vergessen, dann kann uns nichts mehr trennen.«

»Aber du bist doch ein Vampir.«

Ihr Vater hatte ganze Arbeit geleistet, indem er ihr von Kindesbeinen an eingetrichtert hatte, dass Vampire böse und ihr erklärter Feind waren. Es saß so tief in ihr fest, war so verwachsen mit ihrer Seele, dass sie sich weigerte, es zu vergessen.

»Das spielt keine Rolle, wenn wir es nicht beachten«, widersprach er entschlossen.

»Du bist ein blutrünstiges Monster, das mich töten will.«

»Nein, June, ich will nur deine Liebe – ich werde dir niemals etwas zuleide tun.«

»Ich kann einen Vampir nicht lieben.«

Ihre Worte trafen sein Herz wie Messerstiche.

Alexis ertrug es nicht mehr – diese toten Augen, die harten Worte.

Einen Moment drehte sich alles um ihn im Kreis, dass er kaum noch wusste, wer und wo er war.

Einen Moment lang hatte er sich nicht im Griff, da war der Bann schon gebrochen. Die braunen Augen seiner Liebsten füllten sich wieder mit Leben, June kam wieder zu sich. Gerade noch konnte er sie zurück ins Reich der Träume schicken, bevor ihr Bewusstsein endgültig zurückkehrte.

Ihr Körper sackte in sich zusammen, sie schlief – wenigstens noch lange genug, damit er entkommen konnte. Noch einmal beugte er sich über sie. Nur für einen Kuss.

»Du bist eine Schönheit.«

Der ironische Unterton in Michaels Stimme war überdeutlich, weshalb June ihn mit einem bösen Blick strafte – wenn Blicke doch nur töten könnten!

Musste er sich unbedingt über sie lustig machen, nachdem sie sich die ganze Nacht in fremdartigen Träumen gewälzt hatte?

Man sah ihr die unruhige Nacht an, sie wirkte zerknautscht und verkatert, als hätte sie die ganze Nacht durchgefeiert.

Das allein war schon schlimm genug, aber dass der Idiot ihr das auch noch auf die Nase binden musste!

»Was willst du?«, fuhr sie ihn an.

Es war schließlich Morgen, da hatte Michael nichts im Haus verloren, wobei June sich ohnehin für ein grundsätzliches Hausverbot aussprechen würde, falls sie etwas zu sagen hätte.

Warum konnte er sich nicht ein für alle Mal in Luft auflösen?

Wenn er wenigstens ein Vampir wäre, dann hätte sie ihn gepfählt und das übrige Häufchen Asche im Mülleimer entsorgt, so wie sie es mit Alexis hätte tun sollen …

»Ich dachte, wir könnten zusammen frühstücken gehen, und so, wie du aussiehst, scheint das genau das Richtige zu sein.«

»Du irrst dich, ich will nichts essen, sondern duschen.«

»Ich warte, bis du fertig bist. Du wirst sehen, der Hunger kommt noch.«

Er lächelte selbstsicher, wie immer.

Was musste sie denn noch tun, um ihm verständlich zu machen, dass sie alleine sein wollte?

Konnte er nicht wenigstens einmal, seine sensible Ader zeigen? Falls er so etwas überhaupt besaß.

Nein, sie antwortete nicht, sondern verschwand im Bad. Mit etwas Glück würde er sich zu Tode langweilen, während sie sich zurechtmachte.

Die vergangene Nacht war eine Aneinanderreihung seltsamer Träume gewesen. In ihrem unruhigen Schlaf hatte sie sogar ihr Armband verloren, erst nach langem Suchen hatte sie es unter ihrem Bett gefunden.

Eigentlich wunderte sie sich nicht, dass Alexis sie bis in den Schlaf verfolgte, aber gleich so intensiv? Unzählige Mal hatte sie von ihm geträumt.

Mal, dass er sie zu einem romantischen Abendessen bei Kerzenschein ausführte, ein andermal, dass ihr Vater ihn auf der Jagd tötete, das nächste Mal davon, dass er sie in den Hals biss ...

Und dann erst dieses Gespräch, von dem sie geträumt hatte – es war ihr so real erschienen. In den anderen Träumen war Alexis eine unnatürliche Gestalt gewesen, irgendwie verzerrt, doch in dem einen wirkte er greifbar echt. Und am Ende dieses Gespräches hatte er sie so verletzt angesehen wie am Abend, als sie ins Haus geflüchtet war.

Dieser Traum hatte ihr mehr zugesetzt als alle anderen, immer wieder spielte sie ihn in Gedanken durch, während die anderen bereits in Vergessenheit gerieten.

Zu sehen, wie Alexis sie angriff, ihr Leben bedrohte als blutrünstiges Ungeheuer, war einfacher, als ihn leiden zu sehen.

Junes Hoffnung hatte sich nicht erfüllt, Michael wartete immer noch im Wohnzimmer, obwohl sie ihn fast eine Stunde hatte warten lassen, unter dem Vorwand, zu duschen. Er war unglaublich stur – wieder eine Gemeinsamkeit des jungen Jägers und ihres Vaters.

»Michael, glaubst du, dass es auch gute Vampire gibt?« Dieses Gespräch hatte sie als Kind bereits mit ihrem Vater geführt und damit dessen Zorn auf sich gezogen.

»Gute Vampire? Nein, bestimmt nicht.«

Sie setzte sich neben ihn auf die Couch und nahm das Handtuch vom Kopf, sodass ihre nassen Haare offen über ihre Schultern fielen. Michaels Blicke verfolgten jede ihrer Bewegungen und erkundeten neugierig jedes Detail. Sie spielte mit dem Gedanken, doch wieder ins Bad zu flüchten. Sie mochte es nicht, wenn Michael sie ansah, als wollte er jeden Augenblick über sie herfallen.

»Warum nicht?«, hakte sie nach.

»Weil sie keine Seele und kein Gewissen haben. Sie sind Raubtiere, denken nur an sich selbst und ihr Überleben. Jeder andere ist ihnen egal, ganz gleich, ob es ein Mensch oder anderer Vampir ist.«

Michael wiederholte, was auch ihr Vater damals gesagt hatte. Es mochte auf viele Vampire zutreffen, jedoch nicht auf Alexis. Wenn er nur an sich selbst dachte und nur auf Blut aus war, warum hatte er sie nicht gebissen? Er hatte genug Gelegenheiten gehabt.

Doch stattdessen hatte er versucht, sie zu verstehen, hatte Zuneigung gezeigt, hatte sie geküsst …

Warum sollte er das tun?

»Bist du sicher, dass sie alle so sind?«

Michael sah sie ernsthaft besorgt an.

»Die einzige Ausnahme sind die, die über genug Verstand verfügen, um Pläne gegen uns zu schmieden – aber auch die denken nur an sich selbst.«

June sah nachdenklich auf ihre Hände, auf das glänzende Kreuz an ihrem Armband.

Sollte es das sein? War sie Teil eines Planes? Hatte Alexis sie nur benutzen wollen?

»Was hast du, June? Warum denkst du über so etwas nach?«, wollte der junge Jäger nun wissen, Misstrauen schwang in seiner Stimme mit.

Ihre Fragen hatten ihn wohl hellhörig gemacht, sie musste vorsichtiger sein.

»Ach, es ist nichts, ich hatte nur einen merkwürdigen Traum heute Nacht.«

»Du träumst von Vampiren?«

Er glaubte ihr nicht.

»Manchmal.«

»Du hast noch nie davon gesprochen.«

»Es sind ja auch nur Träume.«

Plötzlich fasste Michael ihre Hand.

Wie dumm von ihr. Sie hatte ihm das Gefühl gegeben, ihm zu vertrauen und seine Nähe zu suchen. Sie hatte ihn ermutigt sich, als ihr Freund aufzuspielen – was er nie gewesen war.

»Ist es wirklich nur das?«

Schnell entzog sie ihm ihre Hand und stand auf, bevor er auf noch dümmere Gedanken kam.

»Was sonst?«

Es war einfach gewesen. Alexis hatte in einer dunklen Gasse gewartet, sich versteckt, bis sie nah genug war, dass er sich auf sie stürzen konnte.

Eine wehrlose Frau war kein Gegner für ihn.

Er machte kurzen Prozess mit ihr.

Aber er würde sie nicht töten. Es ging ihm nur um etwas Blut, darum, seinen Durst zu stillen.

Bisher hatte er sich nie darum geschert, ob seine Opfer weiterlebten oder nicht – in der Regel hatte er sie an Ort und Stelle liegen lassen. Das Leben eines Menschen hatte ihm nie etwas bedeutet.

Diesmal war es anders. Er konnte nicht töten, allein der Gedanke war ihm zuwider und bereits der Biss ekelte ihn.

Vor seinem geistigen Auge sah er June. Ihre leeren Blicke, die versteinerte Miene und ihre Worte dröhnten durch seinen Kopf.

Du bist ein blutrünstiges Monster, das mich töten will.

Es Verfolgte ihn, seit June es ausgesprochen hatte. Ihre Worte schmerzten ihn noch immer.

Hätte sie von irgendeinem Vampir, oder gar von allen gesprochen, dann wäre es ihm egal, aber sie hatte sich nur auf ihn bezogen. Er war das Monster!

Mit einem dumpfen Geräusch fiel der Körper der Frau zu Boden und Alexis wandte sich ab.

June hatte Recht, ihn ein Monster zu nennen.

War es nicht von Anfang an sein Plan gewesen, sie zu töten, um ihrem Vater leiden zu sehen?

June sollte nur Mittel zum Zweck sein.

5. Kapitel

Es war wieder eine dieser Nächte.

Mittlerweile hielt der beängstigende Frieden schon fast zwei Wochen an.

Nach wie vor wartete June auf einen Vergeltungsschlag. Mittlerweile ahnten auch die hartgesottenen Jäger, dass etwas Bedrohliches unter den Vampiren vor sich ging.

Sie hatten sich zu Gruppen zusammengeschlossen, statt alleine zu patrouillieren. Bald würde es einen verheerenden Vergeltungsschlag der Vampire geben und June konnte nichts dagegen tun, solange sie nicht wusste, was die Vampire planten.

Und zu allem Übel vernachlässigte ihr Vater seine Pflicht sträflich. Er war wieder einmal in einer Kneipe, statt seine Männer zu unterstützen.

June hatte alle Mühe den Jägern weiterhin vorzugaukeln, ihr Vater wäre immer noch ein so guter Anführer, wie er es in seiner Jugend gewesen sein mochte. Sie und Michael stützten das Lügengebilde in einer stummen Übereinkunft: June klügelte Strategien aus, Michael gab die Befehle, so war es schon seit einigen Monaten.

»June.«

Erschrocken wand sie sich um. Die Stimme hatte sie erkannt, trotzdem musste sie es mit eigenen Augen sehen. Lieber wollte sie Michael, irgendeinen Jäger oder gar einen Einbrecher sehen als Alexis.

Der scheinbar junge Vampir stand in der Tür des Wohnzimmers, in dem sie ihren Schreibtisch stehen hatte, vollkommen entspannt. Beim Anblick seines lieben Lächelns wich ein Teil ihrer Furcht unwillkürlich der Freude. Etwas in ihr wollte sich in seine Arme werfen.

Alexis gab ihr keinen Grund zur Sorge, er stand reglos in der Tür – er griff nicht an, er näherte sich ihr nicht einmal.

Alles in ihr sträubte sich dagegen, zu glauben, dass er ein Feind sein sollte.

»Was willst du hier?«

Trotz ihrer heimlichen Freude über das unerwartete Wiedersehen versuchte sie, Ablehnung zur Schau zu tragen. Wenn sie überzeugend genug war, würde sie sich vielleicht selbst täuschen können.

»Ich muss mit dir reden, ein Missverständnis ausräumen.«

Seine Stimme klang so vertraut, dass es Junes wundem Herzen schmerzte.

»Welches Missverständnis? Dass du mich belogen hast und ein Vampir bist? Das sind Tatsachen.«

»Das will ich gar nicht leugnen, aber du verstehst nicht, warum ich das getan habe – ich musste mich verstellen, oder hättest du einem Vampir vertraut?«

Sie musste ihm Recht geben, sie hätte ihm nicht vertraut, sondern die Flucht ergriffen.

»Ich werde dir auch jetzt nicht vertrauen. Ich weiß genau, wer du bist und was du getan hast. Du hast den armen Manuel überfallen und dich als sein Lehrling ausgegeben.«

Mittlerweile war Manuel wieder zu Kräften gekommen und hatte June berichtet, wie Alexis ihn angegriffen hatte.

Der zuckte ungerührt mit den Schultern, kein Zeichen von Reue, für ihn war Manuel nur ein Mittel zum Zweck, damit er sein Ziel erreichte – was auch immer das war.

»Ich bin auf deiner Seite, June.«

»Ein Vampir? Niemals, du bist mein Feind.«

»Die Grenze zwischen Freund und Feind ist manchmal undeutlich, man lässt sich leicht irreführen.«

Nun trat er näher, sein Blick war felsenfest auf sie gerichtet, er beobachtete jede winzige Bewegung.

Schnell griff sie in eine Schublade und erfasste den Pflock darin – diesmal würde sie nicht fliehen. Immerhin war sie die Tochter des große Rafael Meloy, sie konnte sich wehren.

Die primitive Waffe hinter ihrem Rücken versteckt, erhob sie sich und trat Alexis selbstbewusst gegenüber. Er würde das Haus nur noch in Form von Asche verlassen.

Unbeirrt fuhr er fort: »Man hat dir immer nur von Schwarz und Weiß erzählt. Da sind deine Leute, die Jäger, sie sind die Guten, dann sind da meine Leute, die Vampire, die Bösen.

Aber so einfach ist die Welt nicht, June. Es gibt mehr als Schwarz und Weiß«, er zuckte mit den Schultern, »zum Glück, die Welt wäre sonst ziemlich trist.«

Sicher, Alexis' Worte entsprachen der Wahrheit. Aber sie rechtfertigten nicht sein unverschämtes und verlogenes Handeln, er wollte sich nur herausreden und sie erneut um den Finger wickeln.

Nun war er nahe genug, nur noch wenige Schritte von ihr entfernt. Eine bessere Gelegenheit würde sich ihr nicht mehr bieten.

Schnell hob sie den Pflock und stieß zu, so kräftig und präzise wie möglich – sie musste das Herz genau treffen.

Ihr Vater hatte ihr das Handwerk der Jäger beigebracht, allerdings nur an Attrappen mit ihr geübt – einen lebendigen Vampir hatte sie noch nie vor sich gehabt oder geschweige denn getötet. So schwer konnte es jedoch nicht sein, Michael machte so was täglich.

In seiner Miene bemerkte sie Erschrecken, jedoch keine Furcht. Gelassen drehte er sich zur Seite, sodass sie ins Nichts stieß.

Sie hatte all ihre Kraft aufgewandt, sodass sie nun hoffnungslos nach vorn kippte, als der erwartete Widerstand ausblieb. Im letzten Augenblick fasste Alexis ihren Arm und zog sie unsanft hoch, um ihren Sturz zu verhindern. Mit der freien Hand entriss er ihr gewaltsam den Pflock.

Er bewegte sich schneller, als June reagieren konnte. Mit wehmütigem Blick verfolgte sie, wie ihre einzige Waffe durch die Luft sauste und weit entfernt auf dem Boden aufschlug.

Das war indes kein Grund aufzugeben, ihr Vater hatte sie auch in Selbstverteidigungstechniken unterrichtet. Aber statt ausgefeilter Techniken begnügte sie sich mit einem kräftigen Faustschlag in die Magengrube.

Auf den war Alexis nicht vorbereitet, eine derartig simple und brutale Verteidigung hatte er wohl nicht erwartet.

Die Mischung aus Überraschung und Schmerz ließ Alexis taumeln, bis er geräuschvoll gegen ihren Schreibtisch prallte.

Dieser Angriff hatte erstaunlich große Wirkung, Alexis war für einen Moment benommen, sodass sie ihm mit einem Tritt die Beine unter dem Körper wegziehen und ihn so zu Boden bringen konnte.

Von einem Vampir hatte sie größeren Widerstand befürchtet. Sicher, sie hatte ihn überrascht, trotzdem war der Kampf leichter zu gewinnen gewesen, als die Übungskämpfe mit ihrem Vater – es schien, als wollte Alexis sich gar nicht verteidigen.

»Was ist hier los?«

Michael stürmte herein, sichtlich aufgebracht. Er musste hereingekommen sein, als sie mit Alexis beschäftigt war.

Die Stimme des Jägers ließ June einen Schritt zurückweichen, mit ihm hatte sie nicht gerechnet.

An seinem Gesicht konnte sie ablesen, was in dem jungen Jäger vor sich ging. Einen Moment brauchte er, um die Situation zu analysieren: die Kampfspuren, der Pflock am Boden und June leichenblass daneben. Zuletzt fiel ihm der gut aussehende Mann am Boden auf – ein potenzieller Konkurrent im Kampf um ihr Herz.

Dann aber veränderte sich seine Miene deutlich, er erkannte, dass Alexis ein Vampir war.

»Hat der Kerl dich angegriffen?«

Blitzschnell war Michael neben dem benommenen Vampir und beugte sich über ihn.

June wich zur Seite. Ihr Herz zog sich schmerzhaft zusammen, beim Anblick des mörderischen Leuchtens in Michaels Augen.

Sollte sie nicht erleichtert sein, dass ein Jäger da war, um sie beschützen? Sie sollte sich sicher fühlen, stattdessen fühlte sie Angst in sich aufsteigen.

Michael würde kurzen Prozess machen. Für ihn war Alexis nur ein Vampir mehr, den er beseitigte. Ihm bedeutete das Leben eines Vampirs nichts.

Langsam kam Alexis wieder zur Ruhe, er sah den Jäger, der sich nun über ihn beugte, herablassend an. Von Angst oder Sorge keine Spur, statt sich zu wehren, strich er sein Haar zurecht und maß Michael mit einem verächtlichen Blick.

»Eigentlich hat eher June mich angegriffen, als ich sie«, antwortete er an ihrer Stelle, wobei er den Blick auf June nicht auf den Jäger geheftet hatte.

Es wirkte fast, als wäre er fasziniert von ihr, wohingegen Michael ihn langweilte, obwohl er längst in Angriffsstellung war.

»Mit dir rede ich nicht, Blutsauger.«

Michael bückte sich und hob den Pflock vom Boden auf. Demonstrativ spielte er vor den Augen seines Opfers damit herum, der gewünschte Effekt blieb jedoch aus.

Schlimmer noch, Alexis lächelte.

»Du wirst aber mit mir Vorlieb nehmen müssen, weil June gerade nicht gesprächig ist.«

»Sie muss nichts sagen, ich weiß auch so, was hier los ist.«

Alexis grinste amüsiert, beinahe überheblich, »Gar nichts weißt du.«

»Ich weiß genug: Du bist ein Vampir. Das reicht als Grund, dich zu töten aus.«

June sah Michael an, dass er es ernst meinte. Er hatte schon viele Vampire getötet und dazu nie einen Grund gebraucht, er war eben ein Jäger.

»Machst du es dir nicht zu einfach? Ich bin hier, weil ich mit June reden wollte. Ich habe Informationen, die für deinesgleichen wichtig sein könnten.«

June starrte ihn voller Verwirrung und Unglauben an, Alexis hatte sich nie als Informant angeboten – eher hatte sie ihm unwissentlich Informationen über die Jäger gegeben.

Ein Grund mehr, warum Michael ihn töten sollte.

»Dumm nur, dass meinesgleichen mit deinesgleichen keine Geschäfte machen.«

Michael holte aus und trat zu, sodass Alexis sich vor Schmerz am Boden wand. Der Jäger beugte sich über sein wehrloses Opfer und hob die Hand mit dem Pflock – er brauchte Schwung und Kraft.

Alexis sah auf, immer noch nicht zu dem Mann, der ihn töten wollte, sondern erneut zu June.

Mit seinen Blicken bat er sie um Hilfe, anstatt sich zu wehren – obwohl er Michael sicher leicht hätte überwältigen können.

Warum wehrte er sich nicht?

»June, sag es ihm! Sag ihm, dass wir zusammenarbeiten, dass du mir vertraust.«

Sie schluckte schwer, sah ihn wieder an. Vertrauen? Wie sollte sie ihm vertrauen können?

Er war ein Vampir. Sie liebte ihn, das war die Wahrheit, aber sie vertraute ihm nicht.

»Vergiss es, du redest mit der Tochter von Rafael Meloy, sie erkennt das Böse, wenn sie es sieht.«

Michael lachte gehässig auf, wobei er Alexis festhielt, indem er sich auf ihn kniete, um sein Ziel genau anvisieren zu können.

Und immer noch sah Alexis zu ihr.

Wie Unrecht Michael doch hatte, sie hatte das Böse nicht erkannt, im Gegenteil sie hatte sich verführen lassen, ihr Herz verschenkt. Sie war auf ihn hereingefallen.

In Alexis Augen blitzte Angst auf, die Angst, dass sie ihn im Stich ließ. Und sie hatte Angst. Schon bei dem Gedanken, ihn zu verlieren, breitete sich in ihr eine kalte Leere aus. Er hatte ihr Herz gestohlen und er würde es mit in den Tod nehmen.

Michael hatte sein Ziel genau vor Augen, die Brust des Vampirs. Nur ein kräftiger Stoß.

»Es stimmt! Ich vertraue ihm!«

Ihre Worte kamen zu spät, Michael konnte nicht mehr reagieren. Der Pflock raste unaufhörlich auf Alexis zu, der schrie auf, als die scharfe Spitze seine Haut verletzte. Da erst hielt Michael in seiner Bewegung inne und ließ von seinem Opfer ab.

Aufgebracht wand er sich an June, die wie versteinert an der Wand stand, den Blick gerichtet auf die blutende Wunde an Alexis Brust.

»Wieso sagst du das erst jetzt?«, fuhr der junge Jäger sie zornig an, als er sich erhob und Alexis einen weiteren Tritt versetzte, »weiß dein Vater, dass du mit diesem Monster zusammenarbeitest?«

Alexis erneuter Schmerzenslaut riss June aus ihrer Starre und sie eilte zu ihm.

Er hatte sich zur Seite gedreht, keuchte vor Schmerz und presste eine Hand auf die Wunde, zwischen seinen Fingern quollen einige dunkelrote Blutstropfen hervor.

Sie wollte nicht, dass er starb, auch nicht, dass er verletzt wurde.

Sie ging neben ihm in die Knie.

»Es tut mir so leid, Alexis – ich wollte nicht, dass dir etwas passiert.«

Er sah sie mit schmerzverzerrtem Gesicht an.

»Ist nur ein Kratzer, June, das wird wieder«, er versuchte, zu lächeln.

»June! Ich rede mit dir!«, schrie Michael sie von Neuem an.

»Idiot! Siehst du nicht, dass er verletzt ist?!«

Selbst jetzt noch konnte sie sehen, wie Alexis es genoss, dass er bevorzugt wurde.

»Was interessiert es mich, ob der Blutsauger verletzt ist?!«

June wirbelte herum und funkelte ihn böse an.

»Verschwinde aus meinem Haus!«

»Das ist nicht dein Haus, sondern das deines Vaters.«

Und dem war Michael sicher eher willkommen als Alexis, aber Rafael Meloy war nicht da, um June zu widersprechen.

»Raus hier!«

6. Kapitel

Alexis beobachtete mit Genugtuung, wie June den Jäger energisch aus dem Haus warf. Man sah dem jungen Mann an, wie wenig ihm der Gedanke gefiel, sie alleine mit einem Vampir zu lassen, noch dazu mit einem Mann.

Alexis war längst klar, dass der Jäger mehr in June sah als eine Kollegin – vermutlich war schon die Tatsache, dass sie ihn überhaupt fortschickte, für ihn ein herber Schlag. Und das genoss Alexis umso mehr. Besonders, da der Kerl sich angemaßt hatte, ihn zu verletzen, ihn obendrein töten wollte.

Es war beinahe, als könnte diese Szene die Schmerzen an seiner Brust lindern. Tatsächlich war die Wunde harmlos, sie würde sich bald schließen, daran würde er mit Sicherheit nicht sterben. Dennoch war die Heilung mit großen Schmerzen verbunden und er musste sich nicht verstellen, um Junes Mitleid zu erregen.

Allerdings ertrug er den Schmerz gerne, wenn er im Gegenzug June näher kommen konnte. Unfreiwillig hatte der Jäger ihm eine Gelegenheit verschafft, die Alexis nicht ungenutzt lassen wollte.

Mit einem lauten Knall fiel die Haustür zu, June kam zurück und sank neben ihm nieder.

Sie sah aus, als müsste sie weinen.

Sie hatte Angst. Zweifellos überschätzte sie die Gefahr durch diese Verletzung.

»Ich wollte das nicht …«, wimmerte sie mit zitternder Stimme, »es tut mit so schrecklich leid.«

Alexis bemühte sich, zu lächeln, jedoch ohne seinen Schmerz zu verbergen. Zitternd streckte er eine Hand nach ihr aus und sofort umschloss June diese mit den ihren.

»So schlimm ist es nicht.«

Umständlich rappelte er sich hoch, sodass er sie – ungeachtet seiner Verletzung – in die Arme schließen konnte. Zu seinem Erstaunen zitterte sie weitaus mehr als er selbst.

»Du musst dich ausruhen«, flüsterte sie voller Sorge, »Ich bringe dich nach oben – du sollst nicht hier auf dem Boden liegen.«

Er gab nur ein Nicken als Antwort zurück.

Daraufhin erhob die junge Frau sich wieder, wobei sie ihn mit sich zog, sodass er sich auf sie stützen konnte. Noch einmal stellte er sich leidend, stöhnte vor Schmerz und stützte sich mehr als nötig auf sie.

Sie führte ihn ins Obergeschoss, in ein Zimmer, das er mit Freuden wieder erkannte.

Ihr Schlafzimmer.

Statt zur Couch am anderen Ende des Zimmers, lenkte sie ihn zu ihrem Bett. Er ließ sich mit einer gewissen Befriedigung darauf sinken.

Der Weg hatte ihn doch mehr beansprucht, als er erwartet hatte, ein wenig hatte er die Verletzung wohl unterschätzt.

Das weiche Bett war eine Wohltat, nachdem er auf dem harten Parkett gelegen hatte. Zumal es Junes Bett war, allein dieser Gedanke linderte seine Schmerzen.

Einen Moment später nahm June dicht neben ihm Platz, um seine Wunde zu versorgen, irgendwoher hatte sie Verbandszeug und eine Wundsalbe geholt. Sie schien geübt darin – vermutlich hatte sie ihren Vater nach Kampfeinsätzen schon oft verarzten müssen.

Er beobachtete abwechselnd ihre geschickten Finger und ihre besorgte Miene. Nach wie vor schätzte sie die Schwere der Wunde falsch ein.

Sollte er sie aufklären?

Nein, ihre Sorge tat ihm gut – sie konnte ihre Gefühle noch so sehr leugnen, die Sorge in ihren Augen strafte ihre Worte Lügen.

Sie streifte ihm das schwarze T-Shirt ab, das der Pflock zerrissen und Alexis' Blut durchtränkt hatte.

Darunter kam eine Stichwunde zum Vorschein.

Alexis staunte, wie tief sie war. June wollte sich ihren neuerlichen Schrecken nicht anmerken zu lassen, als sie die Verletzung säuberte und den Verband anlegte.

»Ich wusste nicht, dass Vampire bluten können«, flüsterte sie, mehr an sich selbst, als an ihn gewandt.

Sie fixierte den Verband mit Klammern.

»Warum sollten wir nicht bluten?«

June zögerte einen Moment, den Blick auf ihre eigenen Hände gewandt – beide hielt sie ineinander verkrampft auf ihrem Schoss. »Weil ihr tot seid.«

Alexis ergriff ihre Hand und zog sie auf seine Brust, direkt an sein Herz, »Es heißt nicht umsonst, Vampire seien *untot*«, er lächelte, »ich atme, ich blute, ich fühle Schmerzen, mein Körper ist warm und in meiner Brust schlägt ein Herz – wie in deiner. Siehst du nicht, wie ähnlich wir uns sind? Wir beide leben.«

Wie lebendig er war, spürte er vor allem nun, da Junes Hand auf seiner nackten Brust lag und ihre Wärme ihn durchdrang.

»Aber du lebst vom Tod anderer.«

»Ich habe es mir nicht ausgesucht, so ist es nun mal.«

Er umfasste ihre Hände fester, um zu verhindern, dass sie sich wieder zurückzog.

»Ich kann nichts dafür, dass ich bin, was ich bin. Also, bestrafe mich nicht dafür.«

Sie schluckte schwer. In ihren Augen spiegelt sich der innere Zwiespalt wider zwischen der Zuneigung zu ihm und der strengen Erziehung ihres Vaters.

Spontan setzte er sich auf und nahm sie in den Arm, seine Verletzung verschaffte sich neue Geltung. Er musste die Zähne zusammenbeißen, um den stechenden Schmerz zu ertragen, war jedoch nicht gewillt, nachzugeben. Stattdessen küsste er die verwirrte June leicht auf den Mund.

»Ganz gleich, was ich bin, ich liebe dich.« Er hatte nicht nachgedacht, sondern einem inneren Drang stattgegeben. Es war eine Wahrheit, die er lieber verdrängt hätte. Die Grenze zwischen Mensch und Vampir war nicht nur groß – sie war unüberwindbar.

Nach einem kurzen Augenblick zwang ihn der Schmerz in die Knie und er sank zurück aufs Bett.

»Dein Vater wird nicht gerade begeistert sein, wenn er einen Vampir in seinem Haus vorfindet …«

Insbesondere im Bett seiner Tochter.

Alexis hätte viel darum gegeben, das bestürzte, leichenblasse Gesicht von Rafael Meloy zu sehen, wenn er June so sah.

Zu seinem Erstaunen schien June über diese Gefahr nicht beunruhigt.

»Ich denke, er wird so schnell nichts merken. Er kommt selten in mein Zimmer, heute schon gar nicht. Du bist hier vorerst sicher.«

»Und der aufgeblasene Jäger von eben?«

»Kann sein, dass er meinem Vater von dir erzählt, aber heute vermutlich nicht mehr«, sie machte eine kurze Pause, »Mein Vater ist längst zu betrunken, als dass Michael noch ein vernünftiges Wort mit ihm wechseln könnte.«

Mit einem Lächeln versuchte sie, die Mischung aus Scham und Trauer in ihren Augen zu überspielen.

Alexis schwieg dazu, seine Nachforschungen hatten längst ergeben, dass Rafael Meloy ein Alkoholproblem hatte.

Er vermochte nicht einzuschätzen, wie groß dieses Problem war, doch Junes Worten entnahm er, dass es mehr als ein Feierabendbier war.

»Früher oder später wird er erfahren, dass du mich in Schutz genommen hast.«

Er wechselte das Thema, um June abzulenken, das Leid in ihrem Blick quälte ihn.

Sie seufzte.

»Ich werde mir etwas einfallen lassen, vielleicht sage ich, dass du mein Informant bist, und hoffe, dass er mir glaubt.«

Sie wollte ihn beruhigen, obwohl sie selbst nicht daran glaubte, mit einer so offensichtlichen Lüge Erfolg zu haben.

Immerhin hatte bereits der junge Jäger ihr das nicht geglaubt.

Es passte nicht zu den Jägern, mit Vampiren zusammenzuarbeiten. In diesem Krieg gab es keine Überläufer, man gehörte von Geburt an zu einer der beiden Seiten, daran änderte nicht einmal der Tod etwas.

»Meinst du, dein Vater kauft dir das ab?«

Offen und ehrlich schüttelte sie den Kopf.

7. Kapitel

Kurz vor Sonnenaufgang hörte June die Haustür, ihr Vater kehrte von seiner Sauftour zurück.

Sie wartete seit Stunden auf ihn.

Nachdem Michael ihr kaum Widerstand geleistet hatte, musste sie davon ausgehen, dass er ihren Vater auf der Stelle unterrichtet hatte – wenngleich das Unterfangen nicht von Erfolg gekrönt sein konnte.

Es hatte länger gedauert, als sie erwartet hatte, aber Warten war die einzige Möglichkeit gewesen, sich zu beschäftigen.

Schlafen war nicht möglich, zum einen, weil Alexis in ihrem Bett lag, zum anderen, rechnete sie damit, dass Michael zurückkommen und angreifen könnte. Sie musste auf der Hut sein.

Als sie die Treppe nach unten ging, machte sie sich innerlich für das nächste Gefecht bereit. Ihr Vater torkelte ihr bereits im Wohnzimmer entgegen, gefolgt von Michael.

»Michael sagte, du würdest einem Vampir Unterschlupf gewähren«, lallte ihr Vater vorwurfsvoll, allerdings eher an eine Stehlampe als an June gewandt.

Sie roch seinen stinkenden Atem und Ekel überkam sie.

Die Trunkenheit ihres Vaters war ihr stets peinlich gewesen besonders vor Michael, der junge Jäger litt mit ihr, wenn er sein großes Vorbild Rafael Meloy als alten Säufer vor Augen hatte.

»Er ist ein Informant«, widersprach sie entschlossen.

»Wir arbeiten nicht mit Vampiren zusammen«, wiederholte ihr Vater eine grundsätzliche Richtlinie der Jäger, mit der June sich noch nie hatte identifizieren können.

Ein solcher Informant könnte Leben retten, allerdings glaubte sie kaum, dass Alexis dazu bereit war.

»Ich arbeite schon längere Zeit mit ihm zusammen, er ist eine äußerst zuverlässige Quelle.«

Sie hatte keine Skrupel ihren Vater anzulügen, sie log schließlich auch seine Leute an, wenn sie ihnen vormachte, er wäre ein guter Anführer.

»Der Großeinsatz auf dem Bauernhof wäre ohne seine Hilfe nicht möglich gewesen.«

Es gab nur ein Argument, mit dem sie ihren Vater ködern konnte: Erfolge im Kampf gegen das Böse.

Rafael Meloy dachte angestrengt nach, soweit er das in diesem Zustand noch konnte.

»Vampire sind gefährlich, June, wir dürfen ihnen nicht vertrauen, sie können uns jederzeit in den Rücken fallen«, leierte nun Michael die bekannte Predigt herunter, welche sie schon seit Kindertagen kannte.

»Er hat bewiesen, dass mein Vertrauen in ihn gerechtfertigt ist. Immerhin hat er sich von dir verletzen lassen, obwohl es für ihn ein Leichtes gewesen wäre, dich zu töten«, erwiderte June kühl, sie hatte nicht vergessen, dass Alexis deswegen verletzt im Bett lag.

Ob sie mit ihren offenen Worten Michaels Stolz verletzte, spielte jetzt keine Rolle. Es geschah ihm Recht.

»Das hat doch nichts zu heißen, er wusste, dass du ihn retten würdest. Hätte er mich angegriffen, hätte er riskiert, dein Vertrauen zu verlieren. Vampire sind berechnend, June.«

Michael funkelte sie verärgert an. Sie wusste, dass es nicht nur darum ging, dass sie einen Vampir in Schutz genommen hatte, sondern darum, dass dieser Vampir ein Mann war.

»Michael hat Recht, Liebes, du darfst diesem Blutsauger nicht vertrauen, er führt etwas im Schilde.«

Für einen Moment fehlten ihr die Argumente, sie hatte gehofft, ihr Vater wäre zu betrunken, überhaupt noch zu sprechen. Geschweige denn, etwas Sinnvolles zu sagen.

»Ich kann Ihnen beweisen, dass ich Junes Vertrauen verdient habe.«

Erschrocken drehte June sich nach Alexis um, der mehr hinkend als gehend die Treppe herunter kam.

Seine muskulöse, flache Brust war immer noch entblößt, bis auf den Verband, den sie ihm angelegt hatte. Eine Hand presste er auf die Wunde.

»Ein Vampir kann mir gar nichts beweisen«, erwiderte ihr Vater mit unverhohlener Verachtung.

»Ich bin ein Verräter, meine eigenen Leute jagen mich. Aber wenn das nicht ausreicht, um Sie von meiner Loyalität zu überzeugen, zeige ich Ihnen eines der Verstecke zeigen, in das die Vampire sich neuerdings zurückziehen.«

Ihr Vater gab widerwillig nach, zum einen war er betrunken, zum anderen musste er jede Möglichkeit auf einen neuen Großangriff ernst nehmen.

Letztlich wurde der aufgebrachte Michael nach Hause geschickt und ihr Vater fiel in sein Bett, während June Alexis wieder nach oben in ihr Zimmer brachte. Ihr Vater war zu betrunken, um darüber nachzudenken, wo Alexis den Tag verbringen würde: im Bett seiner Tochter.

»Warum bist du nicht liegen geblieben?«

Sie musste ihn stützen, weil er kaum einen Schritt gehen konnte. Scheinbar hatte auch der Schlaf seine Kräfte nicht zurückbringen können. Immer noch wirkte er angeschlagen, auf seiner Haut stand der Schweiß, obwohl er nur ein kurzes Stück gelaufen war.

»Ich musste dir doch helfen, sonst hätte dein Vater dir nicht geglaubt.«

Trotz seiner offensichtlichen Schwäche rang Alexis sich ein Lächeln ab, das atemberaubend war, ungeachtet des Schmerzes, den er versuchte, zu überspielen.

»Und nun? Du hast ihn belogen.«

»Ich werde mich an mein Versprechen halten«, sagte er tonlos.

»Dann machst du dich zum Verräter.«

»Ich habe keine andere Wahl.«

Mit ihrer Hilfe erreichte er das Bett und ließ sich wieder darauf nieder. June setzte sich dicht neben ihn und deckte ihn wie eine Mutter zu. Wenn sie ihn so sah, keimte in ihr Sorge auf, ob er überleben würde. Sie vermochte nicht einzuschätzen, wie schwer die Wunde war.

Sie hatte gehört, dass Vampire ungeheure Selbstheilungskräfte besaßen, aber nicht, wo deren Grenze lag.

»Du könntest fliehen.«

Er hatte gute Chancen unentdeckt zu entkommen, da ihr Vater in seinem Suff felsenfest schlief. Alexis dürfte nur nie wieder in die Nähe des Hauses kommen.

Alexis lächelte traurig.

»Dann könnte ich dich möglicherweise nie wieder sehen.«

»Wäre das so schlimm?«

Wie eine Messerklinge bohrte sich der Gedanke in Junes Herz.

»So schlimm, dass ich diese Möglichkeit nie in Betracht ziehen würde.«

June schwieg einen Moment. Sie konnte das nicht hinnehmen, sicher war sie gerne in seiner Nähe, aber war das Grund genug, sein Leben zu gefährden? Eine Beziehung zwischen ihnen hatte ohnehin keine Zukunft. Mensch und Vampir – ihr Vater würde das nie zulassen, genauso wenig wie Michael. Sie würden Alexis jagen und letztlich töten.

»Ich will, dass du gehst, ich will dich nicht in meinem Leben haben! Siehst du nicht, dass du uns beiden nur Probleme machst?«, erwiderte sie entschlossen und ernst.

Alexis lachte, fasste ihre Hand und zog sie an seine Lippen.

»Vergiss es, Süße. So wirst du mich nicht los. Selbst, wenn dein Vater mich bis ans Ende der Welt jagt, nehme ich dich dorthin mit. Wenn du mich fortschickst, lasse ich mich lieber pfählen, als ohne dich zu leben.«

Seufzend sank sie neben ihn. Was für ein sturer Idiot – fast so unverbesserlich wie Michael.

Alexis drehte sich zur Seite, sodass er beide Arme um sie legen konnte, und drückte sie an sich.

Einen Moment sahen sie sich im Dunkeln in die Augen, June konnte seine Augen nur noch erahnen, es war einfach zu dunkel.

Konnte er mehr sehen? Als Vampir? Sah er, wie nervös sie war? Und, dass sie rot wurde?

Erneut hörte sie sein leises Lachen, dann küsste Alexis sie lange und zärtlich. Sie versank in einer langen Umarmung des Vampirs.

Alexis lächelte bereits, als er aus seinem tiefen Schlaf erwachte. Er spürte sofort den warmen, weichen Körper Junes, wie er sich im Schlaf an ihn schmiegte.

Sie hatten diesen Tag zusammen verbracht.

Zum ersten Mal seit langer Zeit war er glücklich.

Er hatte intuitiv gehandelt. Plötzlich sah er sich einer schwerwiegenden Entscheidung gegenübergestellt: Er musste wählen zwischen June und seiner Rasse. Eine Entscheidung, die ihn alles, was er hatte, kosten könnte und trotzdem war sie binnen weniger Sekunden zu Gunsten Junes gefallen.

Er sah sie an.

Im Schlaf wirkte sie so ruhig und sorglos, obwohl er im Begriff war, sie ins Unglück zu stürzen. Seine Entscheidung würde auch für sie tief greifende Folgen haben.

Plötzlich schlug sie die Augen auf und sah ihn verschlafen an. Im Anblick ihrer braunen Augen, in denen so viel Liebe stand, verloren alle Bedenken schlagartig an Bedeutung.

Er fasste ihre Hände und zog sie noch dichter an sich, fest umfangen von seinem Arm. June hob eine Hand, immer noch im Halbschlaf und strich über seine Wange. Eine so leichte, sanfte Berührung, so angenehm – dennoch zuckte er zurück.

Diesmal wusste er sofort, woher der brennende Schmerz auf seiner Haut gekommen war, June dagegen starrte ihn irritiert an.

Alexis musste die Gelegenheit nutzen, mit größter Vorsicht fasste er das goldene Armband und streifte es von ihrem Handgelenk.

»Das brauchst du nicht, ich werde dich beschützen.«

June wehrte sich nicht gegen den Verlust ihres einzigen Schutzes, sie lächelte ihn vertrauensselig an. Sie vertraute dem *blutgierigen Monster*.

Obwohl sein Blutalkoholspiegel bei dem Gespräch erheblich gewesen sein musste, erinnerte ihr Vater sich am nächsten Abend noch gut an die Abmachung mit Alexis.

Entgegen Junes Hoffnung.

»Lass mich noch schnell den Verband wechseln«, bat June leise, er sagte nichts, sondern hielt gehorsam still.

Heimlich wanderte ihr Blick über seine kräftige Brust. Er strahlte eine ungeheure Kraft aus, die so ganz im Widerspruch zu seiner zärtlichen Umarmung zu stehen schien.

Schließlich hatte June die letzten Stoffreste entfernt und stellte überrascht fest, dass die Wunde, die am Vortag so bedrohlich gewirkt hatte, bereits verheilt war. Nur eine helle Narbe war zurückgeblieben. Hätte sie es nicht besser gewusst, hätte sie meinen können, es wären Jahre statt Stunden vergangen.

Alexis bemerkte ihr Erstaunen und streifte schmunzelnd ein weißes Hemd über, das June aus dem Kleiderschrank ihres Vaters stibitzt hatte.

»Es war nur ein Kratzer«, betonte er erneut.

June aber hatte deutlich den Anblick vor Augen, das Blut und die tiefe Wunde, Alexis' Schwäche und seine schmerzverzerrte Miene.

»Schau nicht so besorgt, June.«

Er umrahmte ihr Gesicht mit seinen Händen und küsste sie kurz.

»Es geht mir gut.«

»Willst du nicht doch fliehen? Ich nehme es dir nicht übel.«

June hatte Angst um ihn, wenn er an seinem Vorhaben festhalten wollte.

»Nein, ich habe mich entschieden, für dich.«

Er küsste sie wieder.

»Wir finden sicher auch eine andere Lösung, du musst dich nicht zum Verräter machen.«

»Ein Vampir, der sich mit einem Menschen einlässt, ist in jedem Fall ein Verräter. Es spielt keine Rolle, was ich sonst noch tue.«

Sie legte die Hände auf seine Schultern und sah ihn ernst an.

»Dann treffen wir uns eben heimlich, keiner wird davon erfahren, kein Vampir und kein Jäger.«

Alexis schlang beide Arme fest um sie und küsste sie nochmals.

»Mein Entschluss steht fest.«

Ihr Vater und Michael erwarteten sie bereits, um Alexis' Versprechen einzufordern.

»Du bleibst hier, June«, erklärte ihr Vater entschlossen, als er sie in Straßenschuhen und Ledermantel sah.

Mit dieser Reaktion hatte June gerechnet, sie war allerdings nicht bereit, das zu akzeptieren. Wenn sie Alexis mit den beiden Männern alleine ließ, hatte sie keinen Einfluss darauf, was geschah. Vielleicht hatten die beiden vor, die Gunst der Stunde zu nutzen und sich des unliebsamen Vampirs zu entledigen.

»Ich komme mit«, erwiderte sie entschlossen.

»Red keinen Unsinn, Kind! Es könnte gefährlich werden, wir werden kämpfen müssen. Da bist du uns nur im Weg.«

Ihr Vater setzte diesen Blick auf, als wollte er sagen: Ich dulde keinen Widerspruch.

»Ich kann mich verteidigen.«

»In der Theorie vielleicht und möglicherweise auch gegen einen einzelnen Vampir – aber hier geht es um mehr.«

»Das weiß ich.«

Michael trat, an ihrem Vater vorbei, entschlossen vor sie.

»June, du hast noch keinen Vampir getötet und du bist nur ein Mädchen.«

Das war zu viel. In einigen Dingen mochten die beiden Jäger Recht haben, aber sie ließ sich nicht vorwerfen, dass sie eine Frau war.

Empört hob sie die Hand und verpasste Michael eine Ohrfeige, die selbst den Jäger kurz aus der Fassung brachte.

Sowohl Alexis, als auch ihr Vater starrten sie an.

»Gegen einen Vampir kann ich mich mindestens so gut verteidigen, wie gegen einen aufgeblasenen Jäger!«

»Du hast dich nicht im Griff – genau deshalb bleibst du hier!«, beschloss ihr Vater daraufhin.

Und zu ihrem Ärger nickte Alexis.

»Es ist besser du bleibst hier. Ich will nicht, dass dir etwas passiert«, er lächelte besänftigend, »Ich passe auf mich auf.«

June wollte widersprechen – er wusste gar nicht, vor wem er sich fürchten sollte, er wusste nicht, was sie befürchtete …

Alexis lächelte, »Du vertraust mir doch, June, also vertrau mir auch in dieser Hinsicht.«

Dann wand er sich den beiden Jägern zu, die bereits bewaffnet und in Kampfkleidung warteten. Die beiden nahmen ihn, wie einen Gefangenen, in ihre Mitte und verließen mit ihm das Haus.

June blieb zurück.

Was sollte sie tun? Sie konnte doch nicht still sitzen, während die beiden Alexis umbrachten.

Sie musste nicht lange überlegen, holte den Pflock aus ihrer Schublade und folgte den Dreien.

Alexis traute den beiden nicht – sie waren Jäger, es wäre gegen ihre Natur, einen Vampir am Leben zu lassen.

June würden die beiden vermutlich von einem Handgemenge und einem tragischen Unfall berichten.

Kein besonders ausgeklügelter Plan, June hatte ihn offenbar bereits durchschaut, bevor die Jäger überhaupt zur Tat schritten.

»Was willst du von meiner Tochter, Blutsauger?«, wollte Rafael Meloy wissen, während Alexis sie durch die dunklen Gassen führte.

Zum Versteck war es nicht weit. Es lag nahe an Rafael Meloys Zuhause, weil er dort am wenigsten damit rechnete und die Vampire sich in Sicherheit wähnten.

Allerdings war es nicht von großer Bedeutung, höchstens zwanzig Vampire hielten sich nachts dort auf.

»Nichts. Ich will euch helfen, weil ihr offensichtlich nicht alleine gegen die Vampire ankommt. Und im Gegenteil zu den Herren Jägern ist June bereit meine Hilfe anzunehmen«, log Alexis.

Das Letzte, was er tun würde, war vor dem Vater zuzugeben, dass er June liebte.

»Warum solltest du uns helfen wollen – deine eigenen Leute umbringen?«, wollte Michael wissen.

»Ich habe meine Gründe.«

»Welche?«

»Spielt keine Rolle.«

Die beiden Jäger gaben sich damit zufrieden.

Warum sollten sie weiterfragen?

Sie hatten ohnehin nicht vor einem Vampir zu vertrauen, Alexis war sich dessen bewusst, er vertraute den Jägern schließlich auch nicht.

»Wie hast du June um den Finger gewickelt?«, verlangte Junes heimlicher Verehrer nach einigem Schweigen zu wissen.

Alexis ahnte, worum es ihm wirklich ging – er war eifersüchtig und wollte seinen Rivalen loswerden.

»Ich habe sie nicht um den Finger gewickelt.«

»Natürlich hast du das, sonst würde sie nie einem Vampir vertrauen!«

Alexis grinste.

»So etwas habe ich nicht nötig, June hat eine ausgezeichnete Menschenkenntnis – sie weiß, wem sie vertrauen kann.«

Rafael Meloy lächelte bitter, »June ist hoffnungslos naiv, Michael, sie glaubt stets an das Gute im Menschen und offenbar auch an das Gute im Vampir.«

Den übrigen Weg legten sie im Schweigen zurück, keiner hatte das Bedürfnis, mit dem anderen zu sprechen, besonders Alexis nicht. Er wollte die Sache schnell hinter sich bringen und dann lebend zurück zu June gehen.

Endlich erreichten sie das Hotel. Es war angeblich wegen Renovierungsarbeiten geschlossen, so tarnten die Vampire das Versteck. Eine Tarnung war wichtig, weil die Jäger immer auf der Suche nach potenziellen Verstecken waren.

»Hier ist es«, erklärte Alexis ernst, wobei er sich zu den Jägern umdrehte.

Die beiden hatten längst die Waffen gezückt und Alexis war bereit, sich dem Kampf zu stellen.

Natürlich würde er aus Rücksicht auf June versuchen, ihren Vater nicht zu verletzen, aber bei dem nervigen Jägerjüngling war das etwas anderes.

June war ihnen bis zu dem Hotel gefolgt, in einigen Metern Abstand, damit sie nicht entdeckt wurde. Allerdings war die Gefahr nicht allzu groß. Keiner rechnete mit ihr, also musste sie sich nicht sorgen.

Sie beobachtete, wie Alexis vor dem Haus stehen blieb und die beiden Jäger ihre Waffen zückten. Zu ihrer Verwunderung schien Alexis damit gerechnet zu haben. Er zeigte keine Angst, sondern baute sich mit verschränkten Armen und einem selbstgefälligen Grinsen vor den beiden Angreifern auf.

Sie schlich sich näher heran, gerade als Michael auf Alexis losstürmte.

Mit einem geschickten Schlag beförderte der Vampir ihn zu Boden, so heftig, dass selbst Michael einen Moment brauchte, um wieder auf die Beine zu kommen.

So weit ließ Alexis es jedoch nicht kommen, mit einem Tritt brachte er den Jäger erneut zu Boden. Nun griff Junes Vater ein.

Offenbar hatte sie sich getäuscht, zu glauben, Alexis wäre auf ihre Hilfe angewiesen – eher musste sie die beiden übermütigen Jäger retten.

»Hey, Süße!«

Sie drehte sich um, zwei junge Männer standen hinter ihr. Beide lächelten belustigt. Sie wusste sofort, dass es Vampire sein mussten. Ihre Nackenhärchen stellten sich auf, weil sie die Bedrohung, die von den beiden ausging, spüren konnte.

»Was machst du denn hier, allein um diese Zeit?«

Anscheinend hatten die beiden nicht bemerkt, dass Alexis hinter der Straßenecke mit zwei Jägern kämpfte und sie bei Weitem andere Sorgen hatten als Junes Anwesenheit.

Einer der beiden legte einen Arm um Junes Schultern und hinderte sie so an der Flucht.

»Magst du uns nicht zu einer kleinen, privaten Party begleiten? Es wird bestimmt lustig.«

Der Zweite legte seinen Arm um ihre Hüfte, sodass sie zwischen den beiden eingezwängt war.

»Lieber nicht, ich habe schon etwas vor, Jungs.«

Sie versuchte, zu lächeln.

»Natürlich kommst du mit, Süße! Du weißt gar nicht, was dir entgeht.«

June hatte das befürchtet, schließlich hatten die beiden sie wohl kaum aus Höflichkeit angesprochen.

Immerhin hatte sie den Pflock griffbereit in den Bund ihrer Hose gesteckt, allerdings hatte sie zwei Gegner.

In jedem Fall konnte sie nur einen von ihnen angreifen, den anderen musste sie zunächst außer Gefecht setzen.

Ohne zu überlegen, zückte sie den Pflock und stieß die beiden mit aller Kraft von sich. Einen brachte sie zu Fall, dem anderen wand sie sich zum Angriff zu. Sie hatte nur eine Chance, ein Schlag, der sitzen musste.

Der Vampir schleuderte ihr die Waffe aus der Hand, ehe sie überhaupt zum Angriff angesetzt hatte.

»Netter Versuch, Kleines, aber nicht besonders beeindruckend.«

Der Zweite kam wieder auf die Beine und packte June von hinten.

Sein Freund näherte sich ihr grinsend, die spitzen Eckzähne blitzten in seinem Mund auf.

Sie stieß einen gellenden Schrei aus. Da bohrten sich die Zähne bereits schmerzhaft in ihren Hals.

8. Kapitel

Alexis hörte den Schrei, brauchte allerdings einen Moment, um seine Bedeutung zu verstehen.

Erst war es nur eine dumpfe Ahnung, dann war er sicher, dass es Junes Stimme war.

Augenblicklich ließ er von den beiden Jägern ab. Michael war ohnehin gerade wieder zu Boden gegangen, Rafael Meloy dagegen hielt sich gut – weil Alexis ihn schonte. Doch auch die beiden ließ der Schrei innehalten.

Alexis war bereits auf dem Weg zu June. Sie konnte nicht weit sein, der Schrei war aus der unmittelbaren Nähe gekommen – dieses törichte Weib musste ihnen doch gefolgt sein!

Er fand sie hinter der nächsten Straßenbiegung. So nahe! Hätte er besser aufgepasst, hätte er sie spüren können. Unglücklicherweise hatte er diese Möglichkeit nicht in Betracht gezogen. Er hatte gedacht, sie wäre nicht so unvernünftig.

Nun war sie offensichtlich zwei seiner Artgenossen in die Arme gelaufen, die in ihr einen vorzeitigen Mitternachtssnack sahen. Einer hielt sie mit eisernem Griff, während der andere sich an ihrem Blut labte.

Der Anblick erfüllte Alexis mit brennendem Zorn.

Blut zu trinken war für einen Vampir lebensnotwendig, dessen war er sich bewusst, aber es war inakzeptabel, dass sich jemand an seiner Freundin vergriff.

Wenn überhaupt gehörte ihr Blut ihm!

Die beiden Vampire erkannten ihn sofort als einen der ihren, daher sorgten sie sich nicht.

Hätte er ihnen Gelegenheit dazu gelassen, hätten sie ihn möglicherweise sogar eingeladen, von ihrem Fang zu kosten.

Eine Vorstellung, die Alexis erst recht zur Weißglut trieb.

»Ihr habt da etwas, das mir gehört«, knurrte er zwischen den zusammengepressten Zähnen, wobei seine Augen loderten.

Die beiden Vampire erstarrten, als sie die unerwartete Bedrohung realisierten. Ein gezielter Schlag gegen den Hals beförderte den Vampir, an dessen Kinn noch Junes Blut klebte, zu Boden. Einen Tritt setzte Alexis aus Hass hinzu.

Der andere erschrak sichtlich, wobei er June losließ. Sie sackte zusammen und blieb auf dem kalten Boden liegen, während der Vampir floh.

Sollte er doch fliehen, Alexis interessierte sich nicht für ihn. Er sorgte sich um June.

Sie schien nicht bewusstlos, lediglich benommen. Ihre Augen standen offen und starrten ins Leere. Am Hals klaffte die Bisswunde, aus der immer noch einige Blutstropfen rannen.

Sie hatte noch keinen großen Blutverlust erlitten, allerdings einen Schock davon getragen.

Alexis ging neben ihr auf die Knie und strich vorsichtig über ihre Wange, bis sie ihn endlich ansah, ein Zeichen, dass sie allmählich aus dem Schockzustand erwachte.

»Bist du in Ordnung? Hat Michael dir etwas getan?«, fragte sie mit zitternder Stimme.

Alexis war fassungslos, wie sie sich um ihn sorgen konnte, nachdem sie selbst von Vampiren angefallen worden war.

Sie hätte sterben können!

»Mit mir ist alles in Ordnung. Ich lasse mich doch nicht von ein paar Jägern fertigmachen.«

Er fasste sie an den Oberarmen, um sie langsam wieder auf die Beine zu bringen. Sie war geschwächt. Ihre Knie zitterten so, dass sie sich kaum auf den Beinen halten konnte. Schon nach wenigen Augenblicken sank sie kraftlos gegen seine Brust.

»Ich hatte solche Angst um dich ... sie wollten dich töten!«, beteuerte sie weinerlich.

Indessen untersuchte er die Bisswunde an ihrem Hals. Sie begann bereits, sich zu schließen. Dennoch würde es noch einige Stunden dauern, bis June sich erholt hatte.

»Ich kann doch auf mich aufpassen, Süße. Du hättest dich nicht meinetwegen in Gefahr bringen dürfen.«

Sie hob ihre zitternde Hand und legte sie auf seine Schulter, hatte jedoch nicht die Kraft sich zu halten.

Alexis seufzte leise.

»Ach, June, ich bringe dich besser nach …«

Mit letzter Kraft stellte sie sich auf die Zehenspitzen und küsste ihn. Er musste sie auffangen, weil sie bereits im nächsten Moment das Gleichgewicht verlor. Ihr Haupt sank schwer gegen seine Brust.

»Ich hatte solche Angst um dich …«

Sie lallte vor Müdigkeit und brachte auch den einfachen Satz nicht mehr zu Ende.

»Schon gut, Kleines, du musst dich erstmal erholen.«

Aus dem Augenwinkel sah er Rafael Meloy, der sie beobachtete.

Schwer zu sagen, was den Jäger mehr schockierte: Die Tatsache, dass seine Tochter von einem Vampir gebissen worden war, oder der Anblick, wie sie einen anderen Vampir küsste.

Beides hatte der Jäger sehr wohl gesehen, erst erwägte Alexis, etwas zu ihm zu sagen, entschied sich dann aber, die beiden Jäger sich selbst zu überlassen.

Er wollte June so schnell wie möglich in Sicherheit bringen – zumal ein Streit mit ihrem Vater sie zu sehr aufgewühlt hätte.

Sie brauchte Ruhe.

Müde öffnete June die Augen.

Erst sah sie sich verwirrt um. Nur mit Mühe erkannte sie ihr eigenes Zimmer wieder, dann drehte sie den Kopf zur Seite und ihr Blick fiel auf Alexis, der neben ihr lag.

Er lächelte sie freudestrahlend an. Die Zeit, in der sie bewusstlos gewesen war, war ihm beunruhigend lang erschienen.

»Schön, dass du wieder wach bist.«

Er legte eine Hand auf ihren Hinterkopf und küsste sie kurz. Auch, wenn er gewusst hatte, dass die Verletzung vergleichsweise harmlos war, hatte er sich Sorgen um June gemacht.

Sein sonst so kühler Verstand hatte sich verabschiedet, sobald June auf dem Heimweg ohnmächtig geworden war.

»Habe ich lange geschlafen?«

Sie drehte sich zur Seite und suchte Schutz in seinen Armen.

»Ein oder zwei Stunden.«

Er zog sie dicht zu sich und umfing sie mit beiden Armen. Es kam ihm vor, als würde jeden Moment jemand kommen, der ihm June endgültig entriss.

»Was ist mit meinem Vater und Michael?«

Er seufzte.

»Ich schätze, die sind damit beschäftigt, das Versteck auszuräuchern. Jedenfalls sind sie nicht hier.«

An ihrem Blick sah er, dass er ihre eigentliche Frage nicht beantwortet hatte.

»Es geht ihnen gut. Der Jungspund wird wohl das eine oder andere Veilchen abbekommen haben, aber du musst dich nicht um die beiden sorgen.«

Dass sie sich um ihren Vater sorgte, störte ihn nicht – dass sie auch nach diesem Michael fragte, weckte seine Eifersucht.

Sie sollte sich nicht um ihn sorgen, er hatte Alexis angegriffen und töten wollen – der Kerl verdiente Junes Sorge nicht.

»Ich hatte solche Angst, dass sie dich töten.«

Sie strich mit den Fingerspitzen über seine Wange.

»Ich weiß.«

Allerdings wäre es ihm lieber, June wäre so naiv, wie ihr Vater glaubte, und hätte brav zuhause gewartet, statt leichtsinnig ihr Leben aufs Spiel zu setzen.

Zu allem Übel wusste Rafael Meloy nun, dass das zwischen ihnen beiden mehr war als Zusammenarbeit.

Einen besseren Grund, ihn umzubringen, konnte Alexis ihm gar nicht liefern.

»Du darfst meinem Vater nicht trauen.«

Alexis lächelte.

»Das weiß ich doch, die Jäger können einem Vampir wahrscheinlich gar nicht vertrauen.«

»Ich vertraue dir.«

Sie küsste ihn zart.

»Gerade deshalb wird dein Vater alles daran setzen, mich loszuwerden.«

»Ich werde dich beschützen.«

Der Gedanke, dass June ihn beschützen wollte, war lächerlich, trotzdem widersprach er nicht.

»Ja, das wirst du, Kleines.«

Allerdings würde es eher seine Aufgabe sein, sie zu beschützen. June wusste gar nicht, in welcher Gefahr sie schwebte – in welche Gefahr Alexis sie und ihre Familie gebracht hatte. Er musste verhindern, dass sein Plan ein Eigenleben entwickelte.

»Bedrückt dich etwas, Alexis?«, fragte sie leise, als sie sein betrübtes Nachdenken bemerkte.

Allerdings bedrückte ihn etwas: Nämlich, dass er Junes Familie zur Zielscheibe für Jonathan und Frank gemacht hatte.

»Nur eine Kleinigkeit, June, ich muss einen Fehler bereinigen.«

Mit den Fingerspitzen strich er zärtlich über ihre weichen Lippen, die sie bereits leicht geöffnet hatte.

»Einen Fehler?«

»Nichts, weswegen du dich sorgen müsstest.«

»Hat es mit dem zu tun, was heute war? Dass du das Versteck verraten hast?«

»Nein, es geht um etwas ganz anderes«, er küsste sie wieder, bevor sie etwas sagen konnte, »Wenn ich das erledigt habe, Süße, dann lass uns fortgehen. Fort von deinem Vater, der mich immer hassen wird, und den Vampiren, die mich verfolgen werden. Irgendwohin, wo uns keiner kennt, wo sich keiner für uns interessiert.«

Er schloss die Augen. Machte er sich nur etwas vor? Konnte es das geben? Ein Mensch und ein Vampir, die unerkannt und friedlich in Liebe zusammenlebten?

June stützte sich auf ihre Unterarme und sah ihn von oben herab verwirrt an.

»Fortgehen?«

»Ja, hier können wir nicht bleiben. Dein Vater wird das nicht zulassen, und wenn sich herumspricht, dass ich mit Jägern zusammenarbeite, werden meine Leute auf Rache sinnen. Wir sind hier nicht sicher.«

Dass sie sich über seine Pläne freute, hatte er nicht erwartet, trotzdem hatte er auf ihr Verständnis gehofft. Doch in ihrer Miene sah er ein Widerstreben, welches er ihr nicht wirklich verübeln konnte, sie stand mitten im Leben und schien daran zu hängen.

Für ihn war das etwas anderes. Sicher, auch er hatte sein Leben, seine Freunde, seine Familie. Er hatte eine schöne Wohnung und sich gut eingelebt, aber das alles konnte ihn nicht halten.

»Schau nicht so traurig, June, wir werden einen schönen Ort finden, an dem wir uns beide wohlfühlen.«

Alexis wusste, wo er seine Freunde finden würde, in jener Bar in der Altstadt, wo sich die Vampire oft herumtrieben, weil sie dort leicht Beute machen konnten. Sie fanden stets eine Frau, die dumm oder betrunken genug war, ihrem Zauber zu erliegen. Bei denen konnten sie gleich mehrere Bedürfnisse stillen: das nach Blut und das nach Sex.

Seine Freunde enttäuschten ihn nicht, jeder mit einem Glas Bier, vertieft in ein angeregtes Gespräch, das nur zur Tarnung diente, während sie eine Gruppe von Frauen beobachteten und abwägten, ob die eine oder andere sich als Mitternachtsimbiss eignete.

»Du hast dich lange nicht blicken lassen.«, begrüßte Jonathan ihn, gleichermaßen erfreut wie vorwurfsvoll.

Alexis bestellte in aller Ruhe ein Bier, er hatte es nicht nötig auf die Vorwürfe sofort einzugehen.

»Ich war ziemlich beschäftigt in den letzten Tagen.«

Frank lachte, »Sag bloß, die kleine Jägertochter macht es dir so schwer, dass du keine Zeit mehr für deine Freunde hast.«

Jonathan stimmte freudig ein, »Vergiss nicht, mit wem du sprichst – unser Casanova kriegt doch von jeder, was auch immer er will, selbst wenn es die Tochter von Meloy ist.«

Alexis sah keinen Grund, sich einzumischen. Die beiden sollten sich amüsieren, er wollte sie bei guter Laune wissen, damit er leichteres Spiel mit ihnen hatte. Vor allem, wenn sie weiterhin reichlich tranken.

»Natürlich, er vergnügt sich mit der Kleinen so sehr, dass er an nichts anderes mehr denken kann«, Frank wand sich wieder an Alexis, »Schmeckt dir ihr Blut?«

Alexis schüttelte sich beinahe bei der Vorstellung, June zu beißen – nicht, dass es ihn nicht reizte, aber der Gedanke, sie so zu missbrauchen, ekelte ihn.

»Das fragst du noch?«, antwortete Jonathan an seiner Stelle, »Es muss köstlich sein, der Tochter von Rafael Meloy das Blut auszusaugen, und ich wüsste auch andere Möglichkeiten, mich mit ihr zu vergnügen.«

Dazu würde es nicht kommen, weder Frank noch Jonathan würde je nahe genug an June herankommen, sie stand unter Alexis' Schutz. Keiner würde ihr Blut bekommen, nicht einmal sich selbst erlaubte er das. Im Gegensatz zu all seinen früheren Freundinnen scheute er sich davor, seinen Durst an ihr zu stillen. Sein Gewissen wehrte sich dagegen.

»Sieht sie eigentlich gut aus?«, fuhr Frank fort, nachdem Alexis erneut dem Gespräch ausgewichen war – allerdings bekam er seine Antwort erneut von Jonathan.

»Wohl kaum, bei den Genen. Ich meine, schau dir Meloy an, ein unförmiges Muskelpaket mit Glatze. Und dann die großen Schwestern, beides graue Mäuschen, nicht schön und nicht besonders hell in der Birne.«

Nicht, dass Jonathan Intelligenz erkennen würde, wenn er auf sie stieße, dazu war er selbst zu einfach gestrickt …

Sein Verstand sagte Alexis, dass es besser wäre, nicht zu antworten, aber er konnte diese Beleidigung Junes nicht hinnehmen.

»Tja, was den beiden an Schönheit fehlt, hat Mutter Natur wohl ihrer jüngeren Schwester geschenkt.«

Unwillkürlich musste er lächeln.

June war eine faszinierende Mischung. Bei ihrer ersten Begegnung war sie schwungvoll und energisch erschienen, aber, als sie neben ihm geschlafen hatte, wirkte sie süß und zerbrechlich. Mal hatte er das Gefühl, sie beschützen zu müssen, ein andermal bot sie ihm Schutz.

Seine beiden Freunde sahen ihn irritiert und ungläubig an.

Frank sprach es aus: »Du findest doch nicht etwa Gefallen an ihr?«

Alexis antwortete, wie aus der Pistole geschossen: »Nicht mehr als an allen anderen Frauen auch.«

Unter keinen Umständen durften die beiden von seiner Zuneigung für June erfahren, sonst würde er seinen Einfluss auf sie verlieren.

»Dann könnten wir sie doch teilen. Ich hätte auch gerne mal meinen Spaß mit der Tochter von Rafael Meloy, das ist etwas ganz Besonderes«, erklärte Frank mit einem breiten Grinsen.

Alexis funkelte ihn hasserfüllt an, dass er so von June zu sprechen wagte!

»Habe ich jemals eine Frau mit dir geteilt?«

Frank musste einen Moment überlegen, aber natürlich hatte Alexis nie geteilt.

»Daran wird sich auch nichts ändern.«
Jonathan seufzte.

»Und wie lange soll das noch so weitergehen? Wann setzen wir deinen tollen Plan in die Tat um?«

Das war der Moment, den Alexis hatte hinauszögern wollen. Er wusste genau, dass es nicht leicht werden würde. Die beiden waren nicht dumm genug, seinen plötzlichen Sinneswandel widerspruchslos hinzunehmen.

»Der Plan ist gestorben«, erklärte er entschlossen, mit einem Blick, der zeigte, dass seine Entscheidung nicht zur Diskussion stand, was die allerdings nicht sonderlich einschüchterte – sie wussten nicht, wann es besser war, die Klappe zu halten.

»Das kann nicht dein Ernst sein!«, erwiderte Frank sofort, so laut, dass alle es hörten.

Jedoch interessierte es kaum einen der anderen Gäste. Lautstarke Auseinandersetzungen waren hier nicht selten, auch wenn Alexis es vorzog, diesen aus dem Weg zu gehen.

»Ich habe es mir gut überlegt. Es wäre ein Fehler, Rafael Meloy oder seiner Familie etwas anzutun.«

Er musste lügen – eigentlich war sein Plan

genial. Hätte er ihn erfolgreich zu Ende gebracht, hätte man die Stadt von allen Jägern befreien und unter die Vorherrschaft der Vampire bringen können.

Aber er konnte das nicht, selbst wenn er June schonen könnte, er würde ihre Welt zerstören und das kam nicht in Frage, lieber stellte er seine Rachegelüste zurück.

»Die Jäger wären auf Vergeltung aus und würden vermutlich jeden einzelnen Vampir in dieser Stadt umbringen.«

Jonathan winkte sofort ab.

»Das hatten wir doch schon besprochen – dein genialer Plan, alle Jäger hinterrücks zu überfallen und umzubringen. Dazu wolltest du doch die Adressen von dem Weib besorgen. Hast du das vergessen?«

Alexis schüttelte den Kopf.

»An die kommen wir nicht heran, alles verschlüsselt und mehrfach gesichert, nur sie kennt die Zugangsdaten.«

»So schwer kann das doch nicht sein! Wenn wir den Computer haben, bekommen wir auch irgendwie die Adressen heraus. Wozu gibt es Hacker?«

»Du hast doch keine Ahnung von Computern, sie hat vorgesorgt, sie ist schließlich selbst eine Hackerin.«

Das Argument hatte Erfolg.

Die beiden hatten keinen blassen Schimmer von Technik, schon eine Glühbirne auszuwechseln, überstieg ihre Fähigkeiten. Sie konnten nicht abschätzen, wie gut Junes Sicherheitssysteme wirklich waren. Dabei vermutete Alexis, dass sie absolut simpel gestrickt waren, ein Spezialist könnte sie mühelos umgehen.

»Dann können wir das Jägernetzwerk eben nicht endgültig zerschlagen – aber unsere Rache können wir trotzdem bekommen. Vergiss nicht, was auf dem Bauernhof passiert ist!«, beharrte Frank.

»Und erst das gestern Nacht! Fünfzehn von uns! Lebendig verbrannt!«, fiel ihm Jonathan ins Wort.

»Was war gestern?«, fragte Alexis scheinheilig nach, obwohl er längst ahnte, worum es ging, trotzdem musste er seine Tarnung wahren.

Sollte sein Verrat bekannt werden, wäre er so gut wie tot – da würde auch alle Freundschaft nichts nutzen.

»Was passiert ist, fragst du? Das Hotel haben sie überfallen! Nicht mal gekämpft haben sie! Einfach die Türen und Fenster versperrt, dann das ganze Haus angezündet. Keiner hatte eine Chance, alle sind sie verbrannt!«

»Ein grausiges Verbrechen!«

Alexis schluckte schwer.

Rafael Meloy hatte kurzen Prozess gemacht.

Ein solches Vorgehen war neu für die Jäger, gewöhnlich suchten sie den Kampf von Angesicht zu Angesicht, doch dieser Überfall war hinterhältig und feige.

Das Schlimmste daran war, Alexis hatte es angeleiert. Meloy hätte nichts tun können, hätte er nicht von dem Versteck gewusst.

»Es wird Zeit, dass wir uns wehren! Wir können das nicht auf uns sitzen lassen!«, forderte Frank temperamentvoll.

Alexis konnte ihn verstehen, die Erinnerung an sein Erlebnis auf dem Bauernhof stand ihm noch immer vor Augen – seine eigene Machtlosigkeit und die Grausamkeit der Jäger. Für einen Moment kochte sein Hass wieder hoch.

Doch dann dachte er an das sanfte Gesicht Junes.

»Dann machen wir alles nur noch schlimmer, sie werden uns erst recht nachjagen.«

»Das macht mir nichts! Ich sterbe gerne für die Sache!«

»Für welche Sache denn? Glaubst du ernsthaft, wir können damit etwas ändern, dass wir die Meloys umbringen? Dann kommen andere und du bist sinnlos gestorben. Nicht nur du, sondern auch viele andere, die gar nicht wissen, worum es geht.«

»Natürlich wissen sie es! Alle wissen von unserem Plan und alle stehen hinter uns.«

Alexis wurde blass.

»Was heißt, alle wissen davon?«

»Wir haben den anderen gesagt, was wir vorhaben, dass wir uns endlich wehren werden. Alle stehen hinter uns, wir werden es ihnen zeigen! Wir machen dem endlich ein Ende!«

Es lief Alexis kalt den Rücken hinunter. Alle? Wie viele Vampire mochte es in der Stadt geben? Ein- oder zweitausend? Noch mehr? Wenn die sich wirklich alle gemeinsam gegen die Jäger erheben wollten …

Das wäre das Ende der Jägergilde.

9. Kapitel

Ihr Vater erwartete June bereits im Wohnzimmer, als sie eine Weile, nachdem Alexis durch das Fenster ihres Zimmers entschwunden war, ihr Zimmer verließ.

Sie hatte ihm ausweichen wollen, bis die Bisswunde an ihrem Hals verheilt war. Alexis hatte gemeint, es würde nur noch einige Stunden dauern, bis nichts mehr zu sehen war. Obwohl inzwischen nur zwei kreisrunde Narben an den Vorfall erinnerten, schützte June sich mit einem schwarzen Schal gegen die Blicke ihres Vaters.

Zu ihrer Überraschung war er ausnahmsweise nüchtern. Vielleicht hatte er diese schwere Phase überwunden, durch den Schock, dass seine Tochter sich mit einem Vampir abgab. Vielleicht war ihm nun bewusst geworden, dass ihm alles entglitten war, dass er seine Aufgabe vernachlässigt hatte.

Es wäre höchste Zeit für einen solchen Wandel.

»Wie geht es dir?«, fragte er, als sie sich ihm gegenüber auf der Schreibtischkante niederließ. Enttäuscht musste sie feststellen, dass in seiner Stimme weniger Sorge, als ein verborgener Vorwurf mitschwang.

»Besser.«

Rafael Meloy verzog keine Mine.

»Warum bist du uns gefolgt? Ich hatte dir doch gesagt, dass es zu gefährlich für dich ist.«

June hatte mit derartigen Vorwürfen gerechnet. Unglücklicherweise musste sie zugeben, dass ihr Vater Recht behalten hatte. Sie hatte sich nicht verteidigen können, sie hatte die Gefahr unterschätzt und das hätte sie das Leben kosten können.

»Ich wollte verhindern, dass du einen Fehler machst«, antwortete sie mit einer kalten Ehrlichkeit, sie wollte keine Rücksicht auf die Gefühle ihres Vaters nehmen.

Er sah sie verständnislos aus gefährlich funkelnden Augen an, eines davon war eingerahmt von einem dunklen Fleck – vermutlich die Folge eines Schlages von Alexis.

Er war nicht zimperlich mit ihrem Vater und Michael umgegangen, was man deutlich sah.

»Einen Fehler?«

Mit einer Mischung aus Unverständnis und Ärger musterte ihr Vater sie, sein Blick blieb an ihrem Hals hängen.

Hastig zupfte sie an dem Schal, um ihrem Vater den Blick auf die Narbe zu ersparen.

»Du und Michael, ihr wolltet Alexis umbringen.«

Ihr Vater wirkte nicht, als fühlte er sich

überführt, und schon gar nicht, als empfand er Reue.

»Natürlich hatten wir das vor. Er ist ein Vampir.«

In der schwarz-weißen Welt ihres Vaters war alles so einfach, sie betrachteten die Welt durch einen Vorhang hindurch, aber June war hinter dem Vorhang hervorgetreten.

»Er ist nicht wie die anderen! Er will uns helfen!«

Ihr Vater machte ein abfälliges Geräusch und stand auf. Seine großen, schnellen Schritte führten ihn zielsicher zu dem Schrank, in dem er seit Jahren die Gläser und den Alkohol lagerte. Er öffnete ihn und schien, sich nur schwer für eine Flasche entscheiden zu können.

»June, du bist zu gut, zu naiv für diese Welt«, seufzte er, mit einer halb vollen Flasche Whisky und einem großen Glas in der Hand, »Du suchst in Jedem etwas Gutes, selbst wenn es nichts gibt. Du willst nicht sehen, dass es in dieser Welt auch das abgrundtief Böse gibt und Vampire dieses Böse verkörpern.«

Wieder einmal kam sie sich vor wie ein kleines Kind, gescholten vom Vater, weil es eine Dummheit gemacht hatte. Sie war eine erwachsene Frau, aber ihr Vater sprach immer noch mit ihr, als wäre sie eine Zehnjährige mit abenteuerlichen Hirngespinsten.

Wut stieg in ihr auf.

»Du willst nicht sehen, dass es nicht nur böse Vampire gibt! Wenn es nach dir ginge, wäre die Welt eine Scheibe.«

Ihr Vater winkte herablassend ab.

»Was weißt du schon? Du bist ein Kind!«

»Ich bin schon lange kein Kind mehr! Ich war nie eines, ich musste ja immer meinen Vater im Kampf gegen das Böse unterstützen!«

Es sprudelte aus ihr hervor, nachdem sie es Jahre lang immer hinuntergeschluckt hatte – sie wollte ihn nicht im Stich lassen, wie es ihre Schwestern getan hatten.

Er nahm einen großen Schluck.

»Meinst du, du weißt mehr als ich? Wie viele Vampire kennst du? Einen! Ich kenne Hunderte! Und bin noch nie einem *Guten* begegnet!«

»Kennen? Du hast Hunderte getötet, ohne ein Wort mit ihnen zu wechseln. Ich kenne diesen einen Vampir besser, als du deine unzähligen Vampire!«

Ihr Vater konnte sie nicht von ihrer Überzeugung abbringen, sie war sich sicher, Alexis war gut. Daran gab es keine Zweifel, denn obwohl ihr Vater ihm unterlegen war, hatte Alexis ihn nicht getötet.

June setzte sich auf ihren Schreibtischstuhl und sah ihren Vater von dort aus niedergeschlagen an.

Machte es überhaupt einen Unterschied, was sie sagte, wenn ihr Vater nicht zuhören wollte?

Statt sich der Unterhaltung mit ihr zu stellen, flüchtete er sich wieder einmal in den Suff.

»Hat er nicht sein Versprechen gehalten? Hat er euch nicht zu dem Versteck geführt? Schuldest du ihm zum Dank nicht Vertrauen?«

Ihr Zorn wuchs immer weiter, es war ungerecht von ihrem Vater. Alexis hatte sich für ihn zum Verräter an seinem Volk gemacht und ihr Vater schlug das einfach so in den Wind!

»Soll ich einem Kerl vertrauen, der seine eigenen Leute verrät?«, ihr Vater wandte sich von ihr ab, sah aus dem Fenster hinaus, »Das tut er nur, um dich zu täuschen, damit du ihm vertraust. Und du fällst auch noch darauf herein.

Wo hat er den Tag verbracht? In deinem Zimmer? In deinem Bett?«

Ihr Vater war nahe an der Wahrheit, sie hatte Alexis den Tag über in ihrem Bett geduldet – wenngleich nichts zwischen ihnen passiert war.

Sie hätte damit rechnen müssen, dass ihr Vater sie darauf ansprach, immerhin hatte er sie und Alexis am Vorabend zusammen gesehen.

»Das spielt keine Rolle!«

»Es spielt keine Rolle? Meine Tochter ist die Hure eines Blutsaugers! Etwas Demütigenderes kann es nicht geben!«, er leerte das Glas in einem Zug und stellte das Glas geräuschvoll ab, um sich nachzuschenken, »Du enttäuschst mich, June.«

Verärgert stand sie auf und machte einen Schritt auf ihren Vater zu.

Sie wollte ihre Hand schon erheben, um zu zuschlagen. Aber sie hielt in der Bewegung inne – sie konnte ihren Vater nicht schlagen.

Er sah sie herausfordernd an, wusste genau, was sie hatte tun wollen.

Dem Blick hielt sie nicht stand. Auf der Stelle drehte sie sich um und stürmte aus dem Haus.

Alexis suchte eines der größten und sichersten Verstecke in der Stadt auf. Ein Wohnhaus, in dem zahlreiche Wohnungen untergebracht waren, es gehörte einer Vampirgruppe, die sich Geld mit Spekulationen an der Börse verschafft hatten.

Die Stockwerke oberhalb des Fünften hatten sie an Menschen vermietet, um sich ihr Auskommen zu sichern und ein komfortables Jagdgebiet zu schaffen. Die unteren Etagen und der Keller nutzten die Vampire für sich.

Der Keller war ein Versammlungsraum, das Erdgeschoss beherbergte eine Bar, die Stockwerke darüber dienten als Wohnräume. Die Vampire drängten sich hier mittlerweile, weil sie sich sicherer glaubten als sonst irgendwo.

Alexis ging direkt in die kleine Kneipe, um sich dort umzuhören. Er musste herausfinden, wie weit sich die Gerüchte von seinem Racheplan wirklich verbreitet hatten, um zu entscheiden, wie er dagegen vorgehen sollte.

Wenn die Leute hier nicht von dem großen Plan wussten, musste er sich keine Sorgen machen, dann musste er nur das Problem mit Jonathan und Frank lösen.

»Dich sieht man selten, Alex!«, begrüßte Jason ihn am Tresen freudig, wobei er ihm bereits ein frisches Glas Bier reichte, »Wo treibst du dich die ganze Zeit rum?«

Alexis nahm das Glas entgegen und stieß mit dem Vampir an. Jason war der Inhaber des Wohnhauses. Ein wohlhabender Mann, der in der ganzen Stadt großen Einfluss ausübte auf Vampire wie auch auf nichts ahnende Menschen.

»Du kennst mich doch – ein Blatt im Winde.«

Jason lachte herzlich und stieß erneut mit ihm an, »Wohin treibt dich der Wind gerade?«

Jason lächelte wissend.

»Zu Rafael Meloy, hört man.«

Alexis seufzte, also hatten die beiden Idioten es tatsächlich verbreitet, selbst Jason hatte bereits davon gehört, obwohl er sonst nicht empfänglich für Gerüchte war.

»Hört man das?«

»Ja, deine beiden Volldeppen sprechen ständig darüber, dass du dich für die Sache auf dem alten Bauernhof rächen willst, mit einem großen Blutbad unter den Jägern.«

Alexis lächelte schief.

»Wirklich?«

Jason lächelte ebenfalls, kalt und abschätzig.

»Allerdings und ich würde gerne deine Version hören. Klingt nicht uninteressant, was man so hört«, Jason trank einen großen Schluck und musterte Alexis aufmerksam, »Wusstest du, dass mein Bruder auf dem Bauernhof beinahe zuhause war? Jetzt ist nur noch Asche von ihm übrig.«

Natürlich hätte Alexis das wissen müssen, immerhin hatte er den Überfall miterlebt. Zwar hatte er Jasons Bruder nicht gesehen, aber er hatte gewusst, dass er zu den Stammgästen gehörte.

»Es gibt keinen Plan«, widersprach Alexis kühl.

»Du willst doch nicht behaupten, deine beiden Idioten hätten sich das alleine ausgedacht. Etwas von Rafael Meloys Tochter, von Informationen, mit denen wir das ganze Jägernetzwerk zerschlagen könnten. Das klingt eher nach dir, als nach Frank oder Jonathan.«

Alexis lächelte immer noch, obwohl es ihm zunehmend schwer fiel.

»Die beiden sind oft mit mir zusammen, vielleicht färbt meine Intelligenz endlich auf sie ab.«

Jasons Blick spiegelte seinen Unglauben deutlich wieder.

»Hast du etwas dagegen, dass ich davon weiß? Ich könnte dir helfen, es gibt einige Leute, die interessiert wären, endlich etwas gegen Rafael Meloy zu unternehmen.«

In Jasons Blick loderte der Hass, jener Hass, den alle Vampire in sich trugen und meist unterdrückten.

»Es ist nicht so einfach, wie die beiden sich das denken«, erwiderte Alexis ruhig, in der Hoffnung, ihn mit Vernunft umstimmen zu können.

Wenn er Jason überzeugen konnte, dass der Plan zu riskant war, würden auch die niederen Vampire dem zustimmen.

Die meisten waren einfach gestrickt, sie folgten einem Anführer, wie Jason es war.

Alexis hatte bisher nie Wert darauf gelegt, sich selbst mehr Autorität zu verschaffen, nur Jonathan und Frank folgten ihm, gezwungenermaßen: Weil er sie zu Vampiren gemacht hatte, schuldeten sie ihm Loyalität.

»Nein, das vermutlich nicht, aber es ändert nichts daran, dass es Zeit ist, zu handeln. Haben wir das nicht viel zu lange mit uns machen lassen?«

Jason zeigte in die Runde, die Kneipe platzte aus allen Nähten.

»Sieh doch, wie weit es gekommen ist! Wie sich alle in ihren Löchern verkriechen, aus Angst vor ein paar schwachen Menschen!«

Jason war längst Feuer und Flamme für den Plan. Fatal für Alexis.

»Stimme es denn, was die beiden Idioten behaupten? Dass die Jäger sich gänzlich auf eine schwache Frau stützen? Dass sie alle Fäden in der Hand hat?«

Alexis nickte nur, Jasons Frage war rhetorisch, er wusste längst, dass es so war.

»Und du versuchst, dir ihr Vertrauen zu erschleichen?«

»Ja.«

»Klappt es?«

»Ich werde noch eine Weile brauchen, sie ist ein harter Brocken.«

»Kein Wunder, das ist der Vater ja auch,

die beiden sind wohl aus demselben Holz geschnitzt.«

Jason lachte herzhaft auf, aber er irrte sich, June hatte mit ihrem Vater nicht viel gemein, sie war keine Kämpfernatur und teilte den bedingungslosen Hass ihres Vaters nicht. Sie war in jeder Hinsicht anders.

Alexis war mehr oder weniger geflüchtet, er wollte nur zu June. Einige Stunden heile Welt spielen und sich bei ihr ausruhen, um wieder zu klaren Gedanken zu kommen, dann würde er hoffentlich auch eine Lösung für sein Problem finden.

Ganz gleich, wen er fragte, alle waren begeistert von seinem Plan und versprachen Unterstützung. Er wusste einfach nicht, was er dem entgegensetzen sollte.

Im Haus der Meloys, in dem er sich mittlerweile fast wie zuhause fühlte, traf er jedoch nicht auf seine heiß ersehnte June, sondern Rafael Meloy.

Über den ersten Schock tröstete Alexis die Genugtuung, zu sehen, dass der Kampf vom Vortag dem Jäger noch sichtlich in den Knochen steckte – wohingegen Alexis ohne die Andeutung einer Blessur davon gekommen war.

»June ist nicht hier«, erklärte der Jäger kalt.

»Wo ist sie?«

»Nicht hier.«

Alexis wand sich ab, er wollte June suchen gehen, auch wenn er noch keine Idee hatte, wo sie stecken könnte. Auf keinen Fall wollte er sich länger in der Nähe ihres Vaters aufhalten, es war zu gefährlich für sie beide.

Der Hass auf den Jäger wühlte immer noch in seinem Herzen, er hätte ihm zu gerne freien Lauf gelassen, nur eines gab ihm die Kraft, seine Raserei zu zügeln: Er wollte June nicht verletzen.

»Bleib hier, Blutsauger! Wir haben etwas zu besprechen!«

»Ich wüsste nicht, was.«

Alexis drehte sich nicht einmal nach dem Jäger um.

»Nicht? Dann nehme ich an, du lässt künftig deine Finger von meiner Tochter.«

Widerwillig wandte er sich nach dem Jäger um. Er war nicht bereit, June aufzugeben, nicht einmal dazu, es in Betracht zu ziehen und er machte kein Geheimnis daraus.

»Warum sollte ich?«

Er lehnte sich schmunzelnd gegen die Wand. Ja, der empörte Ausdruck in Rafael Meloys Gesicht verschaffte ihm Genugtuung, ein leiser Trost für das, was er nicht tun konnte.

»Du glaubst doch nicht, dass ich zulasse, dass sie sich mit einem wie dir einlässt.«

Meloy versuchte, unumstößliche Entschlossenheit zu demonstrieren, machte auf Alexis jedoch eher den Eindruck eines trotzigen Jungen, im Streit um ein Spielzeug. Und dieses Spielzeug würde er nicht zurückbekommen, er verdiente es nicht, denn er missbrauchte June nur für seine Zwecke.

»Es ist zu spät für große Reden, June ist längst meine Freundin.«

»Wenn dir dein Leben lieb ist, beendest du das und verschwindest schnell aus meiner Stadt.«

»Zu dumm«, Alexis grinste amüsiert, »June wird mich nicht gehen lassen.«

»Das sollte deine geringste Sorge sein.«

Nun wurde Alexis ernst.

»Meine geringste Sorge? June zum Weinen zu bringen, wäre unverzeihlich. Sie, als ihr Vater, sollten das wissen. Sie können nicht wollen, dass Ihre Tochter unglücklich wird.«

»Unglücklich wird sie so oder so, wenn sie einen Vampir liebt. Entweder, weil der sie verlässt, oder, weil ich ihn töte.«

»Sie wollen mich töten?«, Alexis lachte verächtlich, »Letzte Nacht hätte ich Sie und Ihren Jungen umbringen können. Ich habe Sie nur June zuliebe am Leben gelassen – aber wenn Sie mich nochmals angreifen sollten, wird sie verstehen, dass ich mich wehren musste.«

10. Kapitel

»Ich dachte mir, dass du hier bist.«

Für einen Moment hatte June gehofft, hinter sich Alexis zu sehen, stattdessen war es Michael, der sich neben sie auf die morsche Bank setzte

»Du kommst immer her, wenn du dich mit deinem Vater gestritten hast.«

Sie sah ihn nur kurz an, dann blickte sie wieder auf den Grabstein ihrer Mutter und die liebevoll angepflanzten Blumen. Manchmal tat es ihr gut, sich hierher zurückzuziehen. Sie wollte sich für ein paar Minuten vormachen, ihre Mutter wäre nicht tot. Sicher, sie hätte kaum Verständnis dafür, dass ihre Tochter einen Vampir liebte, trotzdem hätte sie June in den Arm genommen und getröstet. Sie hätte sicher nachvollziehen können, wie schmerzlich die Worte ihres Vaters gewesen waren, wie schwer es war, diesen Konflikt zwischen ihrer großen Liebe und ihrer Familie zu ertragen.

Leider lag der Friedhof auf der Route von Michaels nächtlichen Patrouillen.

Vor Jahren hatte er sie bei seiner Runde zufällig am Grab getroffen, seither war dieses Grab fester Bestandteil seines Weges – alle anderen streifte er nur.

Den Vampiren waren Friedhöfe ebenso unangenehm wie den Menschen, sie mieden sie.

»Hat mein Vater dich geschickt?«, fragte sie.

»Nein.«

Es hätte ohnehin nicht zu ihrem Vater gepasst, der überließ sie stets sich selbst, er wollte kein Gejammer hören, keine Tränen sehen.

»Ich wollte mit dir sprechen.«

June seufzte, »Lass es lieber.«

»Das wäre das Einfachste, nicht? Mich gar nicht erst anzuhören.«

»Was ändert es, wenn du mir nur dasselbe sagst, wie mein Vater? Dann streiten wir uns und entweihen diesen Ort. Meine Mutter soll in Frieden ruhen.«

Michaels verächtliches Schnauben unterbrach sie.

»Glaubst du, sie kann in Frieden ruhen, wenn sie weiß, dass du an ihrem Grab sitzt und mit dir haderst?«

Ausnahmsweise hatte Michael ein gutes Argument, er wirkte fast sensibel.

Sie sah ihn an. Er hatte keine Waffe dabei, weder Pflock, noch Schwert oder Dolch, er war wirklich wegen ihr gekommen, statt auf seinem Rundgang über sie zu stolpern.

»Deine Mutter kann dir sowieso nicht helfen. Sie wird nicht aus dem Grab auferstehen, um dir die Antworten auf deine Fragen zu geben.«

»Ihr Schweigen ist immer noch hilfreicher, als Dads Geschrei.«

Michael seufzte.

»Und, was ist mit mir? Ich kann dir antworten und ich werde nicht schreien.«

»Du verstehst mich genauso wenig, wie mein Vater.«

Wieder seufzte er und fasste unvermittelt ihre Hand.

»Du kannst von mir nicht erwarten, dass ich verstehe, wie du etwas Gutes in diesem Kerl sehen kannst. Das weißt du genau.«

Sie versuchte, ihm ihre Hand zu entziehen, doch er hielt sie mit einem eisernen Griff fest.

»Michael …«

Er ließ sie nicht sprechen, »Aber ich verstehe, June, dass du ihn mit anderen Augen siehst – weil du in ihn verliebt bist, so wie ich in dich.«

Erschrocken sah sie ihn an. Sie hatte geahnt, dass er Gefühle für sie hegte, doch bisher hatte er es nie ausgesprochen. Plötzlich zog sich ihr Herz in ihrer Brust zusammen.

Sie blickte in seine Augen. Sie waren voll Entschlossenheit und gefühlvoll, wie noch nie zuvor.

»Michael …«

Wieder ließ er sie nicht sprechen, er unterbrach sie mit einem stürmischen Kuss. Sie war zu erstarrt, um sich zu wehren.

»Ich werde beschützen, was ich liebe, June. Mit allen Mitteln, ganz gleich, ob du mich liebst oder nicht.«

Entschlossen stand sie auf, sodass sie – ausnahmsweise einmal – auf ihn herabsehen konnte.

Sie wusste, was sie zu sagen hatte, sie hatte keinen Moment Zweifel.

»Es tut mir leid, aber ich liebe nur Alexis.«

Auch Michael erhob sich, er legte seine Hände schwer auf ihre Schultern und sah voller Mitleid auf sie herab.

»Deshalb muss ich dich beschützen, June. Dieser Blutsauger ist deiner Liebe nicht würdig, er wird dich unglücklich machen. Ich kann das nicht zulassen.«

Michael sagte nichts mehr, er ging einfach fort.

Obwohl Alexis weithin sichtbar auf der Straße vor dem Haus der Meloys stand, nahm June ihn nicht wahr. Sie eilte scheinbar blind den Weg entlang.

Alexis wartete einen Moment ab, ob sie ihn doch noch bemerkte. Weil das nicht der Fall war, stellte er sich ihr so in den Weg, dass sie gegen ihn prallte.

Mit einem Lächeln versuchte er, seine Verwirrung zu überspielen, und schlang seine Arme fest um sie, spürte das Zittern in ihrem Körper.

»Wo bist du denn in Gedanken?«

June sah erschrocken zu ihm auf.

»Freust du dich nicht mich zu sehen?«

»Bist du Michael begegnet?«

Sie war blas, ihre Stimme bebte.

»Dem überheblichen Anhängsel deines Vaters? Nein, ich versuche, dem aus dem Weg zu gehen.«

Er wollte sie zu küssen, June allerdings wand das Gesicht ab und zerrte ihn eilig ins Haus.

Alexis betrachtete sie voller Sorge. Er legte seine Hände um ihre Mitte und drängte sie mit dem Rücken gegen die Haustür, die sie eben abgeschlossen hatte.

»Was hast du? Du zitterst ja!«

June atmete schwer.

War sie gerannt?

»Ist dir etwas zugestoßen?«, platzte er heraus, da June nicht antwortete.

June heftete den Blick auf seine Augen und legte die Hände auf seine Schultern.

»Versprich mir, dass du dich vor Michael in Acht nimmst!«

Alexis lächelte besänftigend und küsste sie kurz.

»Mach dir keine Sorgen, ich habe keinerlei Bedürfnis, Zeit mit ihm zu verbringen, oder, überhaupt ein Wort mit ihm zu wechseln.«

»Ich glaube, er will dir etwas antun.«

In ihrer Stimme hörte er die Besorgnis und die Angst um ihn.

»Das ist nichts Neues. Er ist ein Jäger, ich bin ein Vampir«, er küsste sie erneut, »Ich habe ihn schon einmal verprügelt.«

Sie schüttelte heftig den Kopf.

»Das ist etwas anderes.«

»Was denn?«

Immer noch bewahrte er sich sein Lächeln, in der Hoffnung, seine Ruhe möge auf June abfärben.

»Dass der Trottel in dich verknallt ist? Das habe ich auf den ersten Blick gesehen«, er küsste sie wieder, »Ich habe keine Angst vor einem eifersüchtigen Halbstarken.«

Aus dem Wohnzimmer hörte Alexis, wie Rafael Meloy sich ein weiteres Glas eingoss. Offenbar hatte er auf seinen obligatorischen Gang zur Kneipe verzichtet und stattdessen die Hausbar geplündert.

Nach dem Gespräch vor einer Stunde hatte Alexis keine Lust, Rafael noch mal unter die Augen zu kommen.

»Lass uns nach oben gehen, bevor dein Vater uns hört.«

Nur mit Widerwillen ließ er sie wieder los. June nickte nur, bevor sie mit ihm im Schlepptau nach oben schlich. Alexis warf im Vorbeigehen einen Blick ins Wohnzimmer, der große Jäger wanderte mit einem halb vollen Glas in der Hand im Raum umher.

»Hast du dich mit Michael gestritten?«, fragte Alexis im Zimmer angelangt. June hatte sich bereits rücklings auf das Bett fallen lassen, während er möglichst geräuschlos die Tür schloss.

»Er war mit mir auf dem Friedhof und sagte plötzlich, dass er mich liebt und mich vor dir beschützen will.«

Seufzend setzte er sich neben sie auf das Bett, sodass er sie von oben herab betrachten konnte. Sie hatte ihre Augen geschlossen und den Unterarm darüber gelegt, Sorge und Schmerz standen ihr ins Gesicht geschrieben.

»Was empfindest du für ihn?«

Sie nahm den Arm zur Seite und sah Alexis irritiert an.

»Ist das alles, worüber du dir Sorgen machst? Dass ich ihm den Vorzug geben könnte?«

Sie war verärgert. Dabei war das das Einzige, was er fürchten musste. Gegen einen Angriff des Jägers konnte er sich wehren, aber wenn June ihm Gefühle entgegenbrächte, wäre er machtlos, er konnte sie nicht zwingen, ihn zu lieben.

»Wenn du mich für ihn verlassen würdest, wäre das für mich schlimmer als der Tod.«

»Lass die großen Worte! Es geht wirklich um Leben und Tod – Michael will dich umbringen!«

»Ich habe nichts anderes von ihm erwartet, er ist schließlich ein Jäger – Eifersucht hin oder her.«

Langsam richtet June sich auf, ihr Gesicht war nun nahe an seinem, er spürte ihren warmen Atem, ihre Züge immer noch angespannt und ernst – zu ernst. Er wünschte sich dieses glückliche, verliebte Lächeln der vergangenen Nacht zurück.

»Du solltest besser nicht mehr herkommen, Michael könnte dir auflauern.«

Alexis sah ihr an, dass es ihr ernst war. Er küsste sie so lange, dass ihm ganz warm ums Herz wurde. Es war so schön, zu wissen, dass er ihr so viel bedeutete, dass sie sich sogar um ihn sorgte.

»Ich kann mich gegen deinen Vater und Michael wehren.«

Er legte seine Arme um sie und zog sie so dicht an sich.

»Solange ich bei dir bin, werden die beiden nicht wagen, mir etwas anzutun«, nun schmunzelte er, »Wenn wir also die ganze Zeit zusammen im Bett lägen, wäre ich in Sicherheit.«

June seufzte, »Du nimmst mich nicht ernst.«

Alexis kämpfte angestrengt ein Lachen nieder – er wollte nicht, dass sie dachte, er wollte sich über sie lustig machen. Aber sie war so niedlich, wenn sie versuchte, böse auf ihn zu sein ...

June wachte am frühen Vormittag wieder auf. Sie hatte nicht viel geschlafen. Mehr und mehr passte sie sich nun Alexis' Lebensrhythmus an. Mit ihm verbrachte sie die Nächte und holte den Schlaf tagsüber nach.

Es war keine große Umstellung, durch ihre Arbeit für die Jäger war sie es gewohnt, nachts lange zu arbeiten. Früher war sie gegen drei Uhr nachts ins Bett gegangen, wenn die Jäger den Rückzug antraten.

Sie stützte das Kinn auf einen Unterarm, um den schlafenden Alexis zu betrachten. Er schlief so friedlich und wirkte dabei so menschlich, dass sie vergessen könnte, was er war – doch ihr Vater erinnerte sie beständig daran.

Sie stammten aus zwei Welten, die ein bodenloser, schwarzer Abgrund trennte. Noch hielt die Brücke, die sie beide für sich gebaut hatten, aber es waren bereits einige Leute damit beschäftigt, die wackelige Konstruktion einzureißen.

Sollten sie weiterhin in der Mitte ihrer schwankenden Brücken stehen bleiben, sich in den Armen halten und die Augen vor der nahenden Gefahr verschließen, bis sie gemeinsam in die Tiefe stürzten?

Sollten sie sich trennen, jeder allein in seine Welt zurückkehren und einander vergessen?

Ihr Herz verkrampfte sich schmerzhaft, ein Kloß in ihrem Hals schien June beinahe zu ersticken. Ihr Herz wurde ein schwarzes Loch von Einsamkeit und fraß sie von innen her auf.

Sie sank wieder neben ihm nieder, gerade als Alexis die Augen aufschlug.

»Kannst du nicht schlafen?«

Er schloss die Augen bereits wieder, allerdings nicht, ohne sie näher an sich zu ziehen.

»Du siehst so ernst aus.«

»Es ist nichts.«

Sie konnte ihm unmöglich sagen, worüber sie nachgedacht hatte. Sie küsste ihn, in der Hoffnung, das würde ihn von weiteren Fragen abhalten.

Ein sinnloses Unterfangen, Alexis durchschaute ihren armseligen Vertuschungsversuch sofort, sein Blick war ernst und starr auf sie gerichtet, als wollte er direkt in ihren Kopf blicken, um ihre Gedanken zu lesen.

Alexis schüttelte den Kopf.

»Wer ist es? Wer spukt in deinem süßen Kopf herum? Dein Vater oder dein heimlicher Verehrer?«

June seufzte und sank ebenfalls auf ihr Kissen zurück.

»Keiner von beiden.«

»Was ist es dann?«

Das schwarze Loch in ihrem Inneren quälte sie zu sehr, vielleicht würde es verschwinden, wenn sie es aussprach.

»Ich habe darüber nachgedacht, wie das funktionieren soll. Eine Beziehung zwischen Mensch und Vampir, das ist …«

Alexis ließ sie nicht aussprechen, er legte einen Finger auf ihre geöffneten Lippen.

»Du solltest dir deswegen nicht zu viele Gedanken machen. Bisher hat es funktioniert, ohne dass wir etwas geplant oder lange darüber nachgedacht haben. Ich weiß auch nicht, wie, aber irgendwie wird es funktionieren, Süße.«

»Du machst es dir zu einfach.«

Alexis setzte sich auf, sodass er auf sie herabsehen konnte.

»Ich mache es mir so einfach, weil ich nicht weiß, was ich sonst tun soll. Soll ich es lieber machen wie du gerade? Statt zu schlafen, da liegen und mir das Hirn zermartern auf der Suche nach einer Antwort, die ich nie finden werde?

Was sollte das bringen? Würdest dich dann besser fühlen?«, er schüttelte den Kopf, »Wohl kaum. Also versuche ich es anders. Ich weiß nicht, ob das besser ist, aber mir fällt nichts anderes ein.«

Alexis legte den Kopf schief, ein belustigtes Lächeln trat auf seine Lippen, als er ihre verwirrte Miene sah.

»Was ist? Hattest du gedacht, ich machte mir darüber keine Gedanken?«

»Nein!«, widersprach sie hastig.

Er hatte Recht, aber wenn er das so sagte, klang es, als hielte sie ihn für dumm, was sie nicht tat, sie hatte ihn nur anders eingeschätzt.

»So hatte ich das noch nicht gesehen.« Sie war eine miserable Lügnerin, deshalb wagte sie nicht, ihm in die Augen zu sehen.

»Ach, June …«, flüsterte er kaum hörbar, beendet seinen Satz jedoch nicht.

Er brachte sein Gesicht näher an ihres, um sie im nächsten Moment wieder zu küssen. Sie wehrte sich nicht, wenngleich sein Kuss immer leidenschaftlicher wurde und er sie allmählich zurück auf das Kissen drängte.

»Wir werden einen Weg finden. Aber nicht hier und nicht jetzt. Also, bringt es auch nichts, sich jetzt darüber den Kopf zerbrechen, wo wir mit unserer Zeit doch viel mehr anfangen könnten.«

Er grinste, »Solange da draußen die Sonne scheint, muss ich hier drinnen bleiben und du bleibst bei mir!«

Alexis brachte seinen erhitzten Körper über sie und küsste sie so gierig, dass sie keine Chance hatte, Widerspruch zu erheben. Alexis' Zärtlichkeiten ließen das schwarze Loch in ihr schrumpfen, bis es sich auflöste.

11. Kapitel

Alexis hatte genug Probleme, von denen die meisten wichtiger waren, dennoch hatte er sich entschlossen, sich zunächst mit Michael auseinanderzusetzen.

Die Tatsache, dass zwischen Menschen und Vampiren ein Krieg tobte, der allmählich zu eskalieren drohte, schob er vorerst beiseite. Dass June sich von diesem Jägernachwuchs verunsichern ließ, wog weit mehr.

Das Problem war, dass die Jäger ausgezeichnete Argumente hatten. Auch Alexis wusste, wie hirnrissig es war, wenn ein Raubtier sich in seine Beute verliebte. Ein Löwe konnte eine Antilope nicht lieben, sie würde seinem Hunger zum Opfer fallen.

Es gab viele Vampire, die sich eines Tages in ihr Opfer verliebt hatten, für sie alle hatte es nur eine Lösung gegeben, sie hatten ihre Geliebte aus deren Welt herausgerissen und zu Vampiren gemacht. Für Alexis jedoch kam es nicht in Frage.

June war die Tochter eines Jägers. Für sie konnte es nichts Schlimmeres geben, als zu einem Vampir zu werden – zur Beute ihres Vaters.

Sie beide würden einen anderen Weg finden müssen und diesen Weg zu finden war ohnehin ein schwieriges Unterfangen, da konnte Alexis nicht zulassen, dass ihnen andere noch zusätzliche Steine in den Weg legten, wie es Rafael und Michael ständig taten.

June war mit ihrem Computer zugange, um einen Auftrag ihres Vaters zu erledigen.

In Alexis' Gegenwart wagte Meloy nicht einmal, sein Anliegen auszusprechen. Stattdessen schrieb er einen Zettel und June machte sich an die Arbeit.

Die innere Zerrissenheit stand ihr ins Gesicht geschrieben, weil es ihr inzwischen schwerfiel, Jagd auf seine Artgenossen zu machen. Sie hatte auf ein Zeichen von ihm gewartet – als bräuchte sie seine Erlaubnis.

Alexis hatte genickt.

Vorerst mischte er sich nicht ein, aber in naher Zukunft würde sie die Vampirjagd aufgeben müssen, so wie er den Kontakt zu seinen Artgenossen abbrechen musste.

Sie beide würden sich nicht länger an diesem Krieg beteiligen, sondern irgendwo zwischen den Fronten Schutz suchen.

Im Moment war es Alexis recht, dass sie zu arbeiten hatte, so konnte er sich unter vier Augen mit Michael unterhalten.

Der Jäger erwartete sie bereits, als sie nach Sonnenuntergang herunter kamen.

Vermutlich hatte er den ganzen Tag hier gewacht, aus Misstrauen gegenüber Alexis. Die Blicke des jungen Mannes spießten Alexis regelrecht auf, gerade deshalb wandte er sich noch einmal nach June um, um sie zu küssen.

Wenn er den verhassten Jäger schon nicht töten durfte, dann wollte er ihn wenigstens zur Weißglut treiben ... es machte Spaß.

»Ich will mit dir reden, Jäger«, erklärte Alexis, wofür er von Neuem hasserfüllte Blicke erntete – er genoss es.

»Kein Interesse, Blutsauger.«

June warf einen verstohlenen Blick zu ihnen, sie lauschte auf jedes Wort. Alexis hatte nichts anderes von ihr erwartet.

»Dann kann ich davon ausgehen, dass du kein mehr Interesse an June hast?«

Alexis wandte sich der offenen Terrassentür zu. Es dauerte keinen Augenblick länger, als Alexis erwartet hatte, da stand Michael bereits hinter ihm – bewaffnet, wie es sich für einen übereifrigen Jäger gehörte.

Alexis musste sich anstrengen, nicht laut zu lachen, darüber, wie berechenbar Michael war, und wie naiv, zu glauben, dass er Alexis so Angst einflössen konnte.

»June hat mir von eurem Gespräch erzählt«, Alexis lächelte auf sein Gegenüber herab.

»Hattest du geglaubt, du gestehst June deine ewige, wahre Liebe und sie fällt dir um den Hals?

So schnell wirst du mich nicht los.«

Michael schien eine Sekunde verletzt, dann zwang er sich zu einem Lächeln, eine schlechte Imitation von Alexis' Grinsen.

»Es ist noch viel einfacher«, stieß der Jäger grimmig hervor.

»Tatsächlich?«, Alexis legte amüsiert den Kopf schief, »Du bringst den unliebsamen Vampir um – kurz und schmerzlos – dann sind all deine Probleme gelöst?«

Volltreffer, Michael stand der Zorn darüber, dass er durchschaut worden war, offen ins Gesicht geschrieben. Umso mehr bereitete es Alexis Vergnügen, diesen Plan zunichtezumachen.

»Du irrst dich: Zum einen wäre es für dich alles andere als schmerzlos, einen Kampf mit mir zu wagen – du würdest es vermutlich nicht überleben. Zum anderen, falls du es überleben und mich loswerden solltest – was glaubst du täte June?

Du hättest ihren Liebsten umgebracht. Glaubst du, sie könnte dich jemals lieben?«, Alexis schüttelte selbstsicher den Kopf, »Hassen würde sie dich, für den Rest deines erbärmlichen Lebens.«

Michael schüttelte gelassen den Kopf.

»Du überschätzt deine Bedeutung in Junes

Leben. Du bist der erste Vampir, dem sie begegnet sie und scheinbar ist sie, wie viele anderen, deiner Magie erlegen. Sie glaubt, sie liebt dich, aber wenn von dir nur noch Asche übrig ist und dein fauler Zauber von ihr abfällt, wird sie zur Vernunft kommen.«

»Glaubst du, ich hätte sie verhext?«

Nicht, dass Alexis es nicht versucht hätte, aber aus unerfindlichen Gründen wirkte ein liebevoller Kuss bei June besser als jede Hypnose.

»Was sonst?«

»Sonst könnte es natürlich nie vorkommen, dass sie einen Vampir dir vorzieht.«

Michael schüttelte erneut den Kopf.

»Ich bin Junes Zukunft! Mit einem Vampir kann sie nicht glücklich werden. Und dein Todesurteil ist längst gesprochen.«

»Junes Zukunft? Ein Jäger? Das wird eine kurze Zukunft! Ihr sterbt doch wie die Fliegen, und weil ihr einzeln keine Chance gegen uns habt, scharrt ihr euch feige zu Rudeln zusammen und seid stolz, wenn ihr eine Minderheit besiegt.

June ist eine kluge Frau, sie gibt sich nicht der Illusion hin, sie könnte eine Zukunft mit einem Jäger haben.«

»Soll es klug sein, sich in einen Vampir zu verlieben?«

Alexis antwortete nicht, eine Lüge hätte

nichts daran geändert, dass eine Liebe zwischen Mensch und Vampir etwas unheilvolles war.

In diesem Punkt wollte er weder sich selbst noch June belügen, nicht einmal Michael und Rafael. Sie hatten Recht.

Stattdessen kam er zum Punkt.

»Bist du bereit, June freizugeben?«

»Sie einem Vampir zu überlassen? Niemals!«

»Und, wenn sie dich darum bittet?«

»Sie weiß nicht, was sie tut.«

»Gut.«

Alexis seufzte und wandte sich wieder dem Haus zu.

»Du solltest wissen, dass das nächste Mal, wenn du dich mir in den Weg stellst – egal, in welcher Situation – ich dich töten werde.«

Natürlich hätte er das Problem an Ort und Stelle aus dem Weg räumen können, genau genommen, wäre es sogar das Klügste gewesen.

Er hätte so schnell angreifen können, dass Michael gar nicht erst zur Waffe greifen konnte, doch er wollte dem Jäger, June zu Liebe, eine Chance geben. Nicht eine Chance, sich auf dieses Duell vorzubereiten, sondern eine Chance, aufzugeben.

Einen Moment fürchtete Alexis, der Jäger

würde ihm wie ein Feigling in den Rücken fallen, der Blick in das Spiegelbild des Jägers in der gläsernen Terrassentür jedoch zeigte Michael, still im Garten stehend.

In einer Hand hielt er bereits einen Pflock, doch er griff nicht an.

Ein wenig hatte Alexis Mitleid.

Vielleicht war es besser, wenn June sich nochmals mit Michael unterhielt, vielleicht konnte sie ihn umstimmen.

June hob den Kopf, als sie die Schritte hörte, mit denen sich Alexis ihrem Arbeitsplatz näherte.

Er trat hinter sie und lehnte sich an die Wand. Mit einem gekünstelten Lächeln drehte sie sich zu ihm um.

»Was hast du mit Michael besprochen?«

Ihr war bewusst, dass die beiden Männer für das Gespräch fortgegangen waren, damit sie nichts davon mitbekam. Sie konnte sich auch denken, warum. Die beiden hatten hinter ihrem Rücken darüber gestritten, wer von ihnen sie zur Frau verdiente – als lebten sie noch im Mittelalter!

Alexis lächelte sie besänftigend an, als ahnte er ihre Gedanken.

»Ich wollte mit ihm über euer Gespräch reden und darüber, dass er unsere Liebe nicht verstehen will.«

Er zuckte mit den Schultern.

»Es war sinnlos, wie du sagtest. Wir sind nun mal Feinde. Ich wollte es nur versucht haben.«

Die Leichtigkeit, mit der er das sagte, konnte June nicht nachvollziehen, Michael war ein ernstes Problem und die Gefahr, dass er versuchte, Alexis umzubringen, war groß.

»Habt ihr euch gestritten?«, wollte sie wissen.

Alexis nickte nur.

»Habt ihr euch geprügelt?«

»Nein das nicht, aber ich fürchte, das nächste Mal wird sich das ändern. Er hasst mich«, sein Lächeln wurde zu einem schadenfrohen Grinsen, »Ich weiß nicht mal, was schlimmer ist, sein Hass, weil ich ein Vampir bin, oder die Eifersucht, weil ich dich habe.«

Wut keimte in June auf, weil Alexis diesen Streit auf die leichte Schulter nahm, als wäre es ihm egal, dass Michael ihn töten könnte. Indessen lebte sie in ständiger Angst, einen der beiden Männer zu verlieren. Sie fürchtete den Verlust.

»Hast du keine Angst, dass er es ernst meinen könnte?«

»Warum sollte ich? Dass ein Jäger einen Vampir umbringen will, ist wirklich nichts Neues – damit hatte ich schon mein ganzes Leben zu kämpfen.«

»Es ist etwas anderes, ob du ein Vampir unter Tausenden bist, dem ein Jäger zufällig begegnen könnte, oder, ob du der eine Vampir bist, den ein Jäger jagt.«

»Ich weiß, dass er hinter mir her ist, also, wird es ihm nicht gelingen, mich mit einem Angriff zu überraschen«, wieder grinste er, diesmal voller Verachtung, »Ein Jäger hat gegen einen Vampir nur dann eine Chance, wenn er das Überraschungsmoment auf seiner Seite hat.«

June funkelte ihn böse an.

»Meinst du nicht, dass du da dein Können überschätzt?«

Alexis antwortete nicht, sie sah ihm an, wie wenig er ihre Frage nachvollziehen konnte.

»Michael hat das Kämpfen von klein auf gelernt, er hat schon unzählige Vampire umgebracht und du wärest für ihn nur einer mehr.«

Alexis' Blick wurde allmählich weicher und Junes Ärger verrauchte.

»Hast du Angst um ihn?«

Seine Worte klangen versöhnlich, als hätte er Verständnis und doch irrte er sich gewaltig. Schon wuchs ihre Wut wieder.

»Nein, du Idiot!«, fuhr sie ihn laut an, »Ich habe Angst um dich!«

Sie sagte es so laut, dass auch ihr Vater und Michael es hörten, aber weshalb sollte das sie stören?

Alexis machte einen Schritt auf sie zu und zog sie hoch, sodass er sie in den Arm nehmen konnte.

»Ich sagte doch, du musst dir keine Sorgen um mich machen, ich passe auf mich auf.«

Seine weichen Lippen suchten ihre und erstickten ihren erneuten Widerspruch.

»In Zukunft gehe ich ihm aus dem Weg, versprochen. Ich wollte ihm nur eine letzte Chance zur Versöhnung geben.«

June legte den Kopf auf seine Schulter, sie wusste genau, dass Alexis sein Versprechen brechen würde, auch wenn er es nicht vorhatte – er konnte sich nicht zurückhalten.

»Ich muss ein paar Stunden weg.«

Sie hätte ihn am liebsten davon abgehalten, in seiner Stimme lag etwas, was ihr Sorgen bereitete.

Er wollte nicht gehen.

Ahnte June, dass er Probleme hatte? Bei ihrem Abschied hatte er die Furcht in ihrem Blick gesehen. Wenigstens ahnte sie noch nicht, welche Probleme er zu lösen und vor allem selbst verursacht hatte. Fast wünschte er sich, sie hätte es herausgefunden, damit er sie nicht mehr belügen müsste.

In der Bar schien es diesmal noch voller zu sein, immer mehr Vampire wähnten sich dort in Sicherheit vor den Jägern. An anderen sicheren Orten mangelte es derzeit.

Alexis war froh, dass ihm das erspart blieb. So paradox es war, im Haus eines Jägers zu wohnen, verschaffte ihm ein Gefühl von Sicherheit.

In Junes Nähe würde ihm keiner etwas zuleide tun, weder Michael noch Rafael hatten den Mut dazu. Die großen Jäger fürchteten den Widerstand der kleinen June.

»Ich dachte schon, sie hätten dich erwischt!«

Von hinten her trat Natalia an ihn heran, diese unglückselige, weibliche Kreatur, die glaubte, in ihn verliebt zu sein. Seit drei Jahren ging er ihr aus dem Weg. Seit jener Nacht, in der er das Bett mit ihr geteilt hatte, nahm sie an, er würde ihre Gefühle zu erwidern. Für Alexis war diese Nacht nur ein Abenteuer gewesen, das Ende eines Abends mit zu viel Alkohol.

Hätte er klar denken können, hätte er es nie so weit kommen lassen, denn er konnte Natalia auf den Tod nicht ausstehen.

»Wo treibst du dich rum? Alle reden über dich, aber keiner will dich gesehen haben«, fuhr Natalia fort, als er sich langsam, mit kaltem Lächeln zu ihr umdrehte.

»Ich habe zu tun.«

»Also stimmen diese Gerüchte, du planst einen Angriff auf die Jägergilde.«

Alexis hatte keine Lust, das mit ihr näher auszuführen, zumal alles, was er ihr sagte, bald allen anderen zu Ohren kommen würde. Natalia und Geheimnisse vertrugen sich nicht.

»Wo ist dein Bruder?«, fragte er ruhig.

Sie seufzte.

»Oben.«

Das war alles, was Alexis wissen wollte – er wand sich von ihr ab und bahnte sich seinen Weg durch die Menge. Jasons Apartment lag im vierten Stock, von wo aus er Aussicht auf die ganze Stadt hatte. Er war einer der wenigen Vampire, die sich eine eigene Wohnung leisten konnten, wohingegen die meisten mit Wohngemeinschaften vorliebnehmen mussten.

Es gab nur wenige Häuser, die als sicher galten, weshalb in ihnen jeder Quadratmeter heiß begehrt war. Alexis dagegen wohnte nach wie vor in einem gewöhnlichen Haus, mitten unter Menschen.

»Mein Freund, der große Verschwörer, was führt dich hierher?«, begrüßte Jason ihn, mit einem Glas Rotwein in der Hand. Der plötzliche Besuch schien ihn nicht im Mindesten zu überraschen.

»Ich habe ein Problem.«

Jason winkte ab.

»Ignorier mein Schwesterchen einfach«, witzelte er. Jason wusste natürlich längst, welches Problem Alexis mit Natalia hatte. Er hatte mit angesehen, wie sie beide betrunken übereinander hergefallen waren, es hatte ihn nicht gekümmert.

»Mein Problem sind eher Frank und Jonathan.«

»Wieso? Gefährden die Erbsenhirne deinen Plan?«

Alexis setzte sich ungefragt und stieß einen gequälten Seufzer aus.

»Das ist es ja … Mein Plan ist gestorben. Er ist nicht durchführbar.

Aber die beiden wollen das nicht einsehen und sind im Begriff, uns alle in Gefahr zu bringen.«

»Was ist passiert? Warum musst du den Plan aufgeben?«

Jason nahm sich die Sache zu Herzen, immerhin war der Plan auch seine Angelegenheit.

»Die Jäger haben Wind davon bekommen, sie wissen, was wir vorhaben und wollen uns in eine Falle locken. Sie beobachten die beiden und kundschaften so unsere Verstecke aus – daher wusste sie auch vom Hotel.«

Jason wurde bleich, er glaubte Alexis jedes Wort. Alle Vampire suchten nach einer Erklärung, wie die Jäger das Versteck gefunden hatten.

Alexis' Lüge bot die heiß ersehnte Antwort auf die Frage und dazu zwei Schuldige, an denen man sich rächen konnte.

»Großer Gott! Woher weißt du das?«

Alexis senkte traurig den Blick.

»Meloys Tochter hat sich mit mir darüber unterhalten. Ich habe sie betrunken gemacht und dann erzählte sie mir freudig von der tollen Aussicht, dass wir bald alle ausgerottet sein werden. Sie hat keine Ahnung, dass ich mit Frank und Jonathan zusammenarbeite.«

Jason schwieg eine Weile.

Und Alexis setzte dem Ganzen die Krone auf.

»Ich habe versucht, es den beiden zu erklären, aber sie wollen weitermachen, weil sie glauben, sie könnten den Jägern zuvor kommen. Aber wir bräuchten noch Wochen, bis dahin haben uns die Jäger längst ausgelöscht.

Und trotzdem erzählen sie allen davon und alle glauben ihnen. Ich weiß nicht, wie ich die beiden aufhalten soll.«

Immer noch schwieg Jason, dann richtete er entschlossen den Blick auf Alexis.

»Keine Sorge, mein Guter, ich bringe die beiden zum Schweigen.«

Etwas anderes hatte Alexis nicht erwartet, er nickte dankbar. Er fragte nicht nach, was Jason vorhatte, er konnte es sich denken: Er würde die beiden umbringen lassen.

Er hatte keine Skrupel, wenn es darum ging, seine eigene Haut und sein Ansehen zu retten.

Für Alexis war es nicht so einfach, trotz ihrer Dummheit waren Frank und Jonathan seine Freunde, sie hatten ihm oft geholfen und er dankte es ihnen, indem er sie umbringen ließ.

Erneut machte er sich zum Verräter.

12. Kapitel

»Was hast du?«

June sah Alexis an, dass etwas nicht stimmte. Er versuchte, zwar zu lächeln, doch dieses Lächeln schien ihm regelrecht zu schmerzen.

June war froh, dass weder ihr Vater noch Michael im Haus waren, so würde Alexis sich eher öffnen.

Schweigend und mit geschlossenen Augen ließ er sich auf die Couch fallen, das falsche Lächeln erstarb endgültig auf seinen Lippen. Steile Falten standen auf seiner Stirn, als versuchte er, einen Gedanken zu verdrängen.

June trat dicht an ihn heran und blickte voller Sorge auf ihn herab. So hatte sie Alexis noch nie erlebt, so schwach, so hilflos …

So menschlich.

»Wo warst du?«

Sie roch Rauch und Bier an ihm, wenngleich er nicht den Eindruck machte, als hätte er sich betrunken.

»Ich habe mich ein wenig unters Volk gemischt.«

»Unter Vampire?«

Sie ließ sich neben ihm nieder, erleichtert, dass er endlich geantwortet hatte.

Ohne die Augen zu öffnen, schloss Alexis June in seine Arme und zog sie so dicht an sich, dass sie sich kaum bewegen konnte.

Sie sah ihm an, dass er sich von ihr Trost und Geborgenheit versprach. Sie küsste ihn kurz auf die Wange, dann legte sie den Kopf auf seine Schulter, das Gesicht an seinem Hals geborgen.

»Ich habe mich ein wenig mit ihnen unterhalten … Sie reden viel über das, was neulich passiert ist.«

Seine Stimme klang tonlos, müde.

Er drückte sie fest an sich, als suche er Halt, indem er sie festhielt. Immer mehr überkam June das Gefühl, dass er Angst vor irgendetwas hatte und versuchte, den Starken zu spielen …

»Der Überfall auf das Hotel?«, erkundigte sie sich flüsternd.

Sie war sich nicht sicher, ob er von den anderen Vorfällen erfahren hatte, und wollte ihn nicht unfreiwillig darauf aufmerksam machen, dass die Jäger in den vergangenen Nächten dreißig weitere Vampire überfallen hatten. Diesmal waren sie besonders brutal vorgegangen, sie hatten die Vampire tagsüber angegriffen, als sie keinerlei Fluchtmöglichkeiten hatten.

Sogar June erschreckte dieses Vorgehen. Wie würde es dann Alexis erst aufnehmen?

»Ja, es hat sich herumgesprochen.«

»Sind viele gestorben?«

Natürlich wusste June von den Jägern, wie viele Opfer es gegeben hatte, aber sie wollte wissen, was die Vampire sich erzählten.

»Fast alle.«

In seiner Stimme aber hörte sie zu ihrer Verwunderung keine Trauer, sondern eher Desinteresse und Langeweile. Es ging nicht um diejenigen, die gestorben waren – es ging um ihn …

»Wissen sie, dass du die Jäger hingeführt hast?«

»Nein, keiner verdächtigt mich.«

June zögerte einen Moment.

»Wovor hast du dann Angst?«

Sie hob den Kopf wieder und sah ihn an, er öffnete seine Augen, sie schienen ungewöhnlich trüb. Er bemühte sich, zu lächeln, doch die Müdigkeit erstickte es im Keim, seine Augen schlossen sich wieder.

Der Abend schien ihm viel abverlangt zu haben, June hatte ihn noch nie so ausgelaugt gesehen, seine unerschöpflichen Energieressourcen schienen aufgebraucht. Selbst seine Versuche, sie an sich zu drücken, waren kraftlos.

»Sie werden es herausfinden. Bald. Dann wissen alle, dass ich ein Verräter bin, dann werde ich gejagt von meinen eigenen Leuten und von deinem Vater …«

June legte ihre Arme um seinen Nacken, um ihn zu trösten.

»Hast du Angst, dass jemand dir etwas antut?«

»Eher davor, dass ich nicht mehr dazugehören werde, zu niemandem, nicht zu den Jägern, nicht zu den Menschen und nicht zu den Vampiren.«

Er seufzte schmerzlich.

June küsste ihn liebevoll und war froh, dass er ihren Kuss erwiderte, sogar erstaunlich leidenschaftlich, als wollte er sich so von ihr Kraft holen. Es ging ja nur um Nähe, nicht um ihr Blut …

»Du gehörst zu mir, wir gehören zusammen. Ich bin auch eine Verräterin, ich enttäusche meinen Vater und all seine Leute«, beteuerte sie, um ihn zu trösten, er soll sich nicht alleine fühlen.

»Du bist keine Verräterin, June. Eine Verräterin bist du erst, wenn du deinen Vater ins Messer laufen lässt. Aber das wirst du nicht tun, du wirst deinen Vater immer beschützen.

Schon jetzt beschützt du ihn, davor, dass alle erfahren, was für ein nutzloser Trinker er ist. Du schützt alle Jäger, indem du das Netzwerk aufrecht hältst …«

June küsste ihn wieder, diesmal nicht, um ihm Nähe zu vermitteln, sondern, um ihn am Sprechen zu hindern.

»In erster Linie werde ich dich beschützen, vor meinem Vater, vor Michael und auch vor deinen eigenen Leuten. Verrate mir das Versteck und ich hetze ihnen die Jäger auf den Hals, bevor sie überhaupt Verdacht schöpfen.«

Alexis sah sie traurig an.

»Dann mache ich mich wieder zum Verräter, oder?«

»Aber, wenn es doch nötig ist, um dich zu schützen …«

»Nein, Liebes, ich will nicht noch mehr meiner Leute töten. Lieber fliehe ich aus der Stadt, irgendwohin, wo man mich nicht kennt – wo keiner weiß, dass ich ein Vampir bin.«

Sie wusste, dass er sie mitnehmen wollte, inzwischen hatte sich ihre Einstellung zu dieser Möglichkeit geändert, es schien ihr eine annehmbare Lösung.

So ließe sich dauerhaft die Auseinandersetzung mit ihrem Vater und Michael verhindern.

Es war ihr an diesem Abend deutlich vor Augen gestanden, wie nahe ein blutiges Aufeinandertreffen von Michael und Alexis war. Sie hatte Angst davor. Sie wollte weder den einen noch den anderen verlieren.

Weglaufen ist feige, das sagte ihr Vater, wie alle anderen Jäger auch – sie rannten lieber ins sichere Verderben, als zu fliehen.

June hatte dem nie zugestimmt.

Eine Flucht mit Alexis – wohin auch immer – könnte Michael, ihren Vater und ihn retten …

»Vielleicht sollten wir wirklich weggehen.«

Alexis wirkte verblüfft, über ihren Sinneswandel.

»Du willst mitkommen?«

»Ich will bei dir sein und ich will nicht, dass du mit meinem Vater oder Michael aneinandergerätst.«

Alexis richtete sich auf, in seinen Augen loderte Tatendrang.

»Dann brennen wir durch, bevor alles noch schlimmer wird.«

Er küsste sie leidenschaftlich. Was auch immer ihn bedrückt hatte, fiel von ihm ab und wich einem euphorischen Tatendrang, der so viel besser zu ihm passte.

Michael hatte sich die Sache gründlich überlegt und eine Entscheidung getroffen.

Es war das Beste, was er in dieser unglücklichen Situation tun konnte.

Dennoch fühlte er sich schlecht, als er die verrauchte Bar betrat. Sein Gewissen wollte ihn von diesem Schritt abhalten, immerhin war er im Begriff, June das Herz zu brechen.

Es war spät und die meisten Gäste waren betrunken, der richtige Zeitpunkt und das perfekte Publikum für seine kleine Vorstellung.

Diese Vampire waren zu betrunken, um noch wahrzunehmen, dass sich ein Mensch unter ihnen befand. Michael war sich dessen vollkommen sicher, er hatte das bereits mehrmals ausgenutzt, um an Informationen heranzukommen.

Die Luft in dem dunklen Schankraum war alles andere als angenehm, sie war geschwängert von Biergeruch, dem Gestank von Konservenblut und kaltem Zigarettenrauch.

Es war eine jener Kneipen, in denen sich auch Rafael Meloy wohlfühlen würde, abgesehen von den Vampiren.

Diese Vorliebe für Bier und Kneipen war der Grund, aus dem Michael die Zügel in die Hand nehmen musste: Rafael war nicht länger imstande, seine Tochter zu schützen, der große Jäger resignierte und führte sinnlose Diskussionen mit June, statt zu handeln.

»Ein Bier«, bestellte er, als er sich mitten unter die Vampire an die Theke setzte.

Links neben ihm saß ein junger Vampir, vermutlich im selben Alter wie dieser Alexis, allerdings sichtlich betrunken. Ihn wählte Michael aus, er bestellte ein zweites Bier, für seinen Thekennachbarn.

»Keine gute Nacht, was?«, begann er, als er seinem neuen Freund das frisch gezapfte Bier vorsetzte.

Der nahm sofort einen großen Schluck.

»Verhältnismäßig ist das die beste Nacht seit Langem. Immerhin ist heute nicht mein Zuhause abgebrannt – was man nicht mehr hat, kann man ja nicht verlieren.«

Der Vampir lachte bitter.

»Du hast dein Zuhause verloren?«, hakte Michael nach, er hatte das richtige Opfer für seinen Plan gefunden – was für ein Glücksfall!

»Ich hatte ein Zimmer im Hotel, aber das haben die Jäger in Schutt und Asche gelegt – wäre ich nicht gerade unterwegs gewesen, wäre ich auch draufgegangen …«

Michael fiel ihm ins Wort, gerade dieses Stichwort hatte er gebraucht.

»Das Hotel, sagst du?«

»Ja, da habe ich fünf Jahre gewohnt. Und jetzt? Nur noch Asche und Rauch…«

»Da habe ich heute etwas Verrücktes gehört …«

Der Vampir zuckte zusammen.

»Was hast du gehört?«

Michael zuckte mit den Schultern.

»Ich weiß nicht, was da dran ist.«

Der ungeduldige, volltrunkene Vampir, wurde lauter, sehr zu Michaels Zufriedenheit.

So wurden mehr und mehr der anderen Kneipengäste auf das Gespräch aufmerksam.

Mehr als Michael sich erhofft hatte, er brauchte möglichst viele Zuhörer, um das Gelingen seines Vorhabens zu sichern.

»Was hast du gehört?«, wiederholte der Vampir barsch.

Immer mehr der Anwesenden blickten erwartungsvoll in Michaels Richtung.

»Einer von uns soll den Jägern gesagt haben, wo sich das Hotel befindet.«

Ein Raunen ging durch den Raum, selbst die besoffensten wurden schlagartig nüchtern. Ein Wort stand unausgesprochen im Raum: *Verrat*. Das Urteil war bereits gesprochen, bevor es einen Angeklagten gab.

»Wer?«, tönte es weiter hinten aus dem Raum, von einem Vampir, der deutlich besonnener klang als seine Saufbrüder.

Der Richtige, um Michaels Botschaft weiter in die Welt zu streuen.

»Ein junger Vampir – ich glaube, er heißt Alexis …«

Er musste gar nicht weiter sprechen, ein weiteres Raunen machte die Runde, dann brach Unruhe aus.

Damit hatte Michael seine Mission erfüllt und verließ unauffällig die Bar, er wollte sich den widerlichen Kneipengestank abwaschen. Er würde nie verstehen, was Rafael an solchen Orten fand.

Seine Mission war erfüllt, die Lawine war losgetreten, von nun an würde die Sache von allein laufen.

Alle Jäger wussten, wie konsequent die Vampire Verräter in ihren eigenen Reihen verfolgten, ohne einen Unterschied zu machen zwischen einem Verdächtigen und einem Täter.

Bald würde Alexis Geschichte sein.

Michael hätte das Problem bei Weitem lieber mit dem Pflock gelöst, aber dann hätte er es sich für immer mit June verdorben. In diesem Punkt hatte Alexis Recht und Michael war dankbar, dass er ihn darauf aufmerksam gemacht hatte. Sonst hätte er einen großen Fehler gemacht.

So würde June nie erfahren, dass er Alexis' Tod zu verschulden hatte. Wozu sollte sie es auch wissen?

Natürlich hatte es einen bitteren Beigeschmack, dass er June das Herz brechen musste, aber es war nur zu ihrem Schutz. Er würde für sie da sein, ihr gebrochenes Herz wieder heilen und sie würde es ihm danken.

Lächelnd machte er sich auf den Weg zurück zu June.

June tapste schlaftrunken durch das Haus, um für sich und Alexis Kaffee zu kochen. Er schlief noch – ohnehin könnte er noch nicht aufstehen, es waren etwa zwanzig Minuten bis Sonnenuntergang.

June dagegen war schon seit Stunden wach, tagsüber zu schlafen schien ihr schlicht unnatürlich, spätestens nachmittags drängte sie etwas dazu, aufzustehen. Alexis aber lebte sein Leben in der Nacht, er kannte es nicht anders.

»Du stehst auch schon auf?«

Michaels Stimme riss sie schlagartig aus ihrem Halbschlaf, in dem sie es immerhin fertiggebracht hatte, Kaffee aufzusetzen. Sie hatte sich alleine im Haus geglaubt, zumal ihr Vater um diese Zeit meist noch seinen Rausch vom Vortag ausschlief. Deswegen hatte sie sich nicht einmal die Zeit genommen, sich vollständig anzukleiden, lediglich ein kurzes Nachthemd hatte sie übergeworfen. Sie fühlte sich beängstigend nackt.

»Du benimmst dich schon, wie ein Vampir. Du schläfst den ganzen Tag und wandelst anschließend wie ein Zombie durchs Haus.«

June maß ihn mit einem ärgerlichen Blick.

»Das ist nicht dein Haus, auch wenn du hier ein- und ausgehst, wie du willst. Ich kann mich hier benehmen, wie ich will.«

Michael lehnte sich gegen den Kühlschrank, von wo aus er sie gut im Blick behalten konnte, genau wie ein hungriger Löwe die Antilope. Alles in ihr schrie nach Flucht – zurück ins warme Bett zu Alexis.

»Und was ist mit dem Vampir? Der ist ungefragt hier eingezogen. In das Haus deines Vaters, wohlgemerkt, nicht in deines.«

»Wäre es dir lieber, ich verbrächte meine Tage künftig in seiner Wohnung?«

Könnte ihr Nachthemd doch nur wachsen, sie spürte seine gierigen Blicke über ihre nackten Beine wandern.

»Du lässt dich zu sehr von ihm vereinnahmen, du richtest dein ganzes Leben nach ihm aus und wirst beinahe selbst zum Vampir.«

»Wäre er kein Vampir, dann wäre für dich alles in Ordnung? Machst du dir das vor? Dir geht es doch gar nicht darum, dass er ein Vampir ist, du bist nur eifersüchtig! Wenn Alexis ein rechtschaffener, junger Mann wäre, der nicht einmal weiß, was Vampire sind, würdest du ihn genauso wenig akzeptieren! Eher würdest du versuchen, ihm einen Mord – oder zumindest eine Affäre – anzuhängen.«

Michael wand sich wutschnaubend von ihr ab – sie hatte ins Schwarze getroffen.

»Dieser Kerl ist nicht gut für dich. Entweder wird er dich töten, dich zu seinesgleichen machen oder dir das Herz brechen.

Du machst dir etwas vor, wenn du glaubst, du könntest mit ihm glücklich werden!«

Alexis war bereits aufgewacht, als June ins Schlafzimmer zurückkehrte.

Sie war unendlich erleichtert, wieder bei ihm zu sein, weder ihr Vater noch Michael würden ihr hierher folgen. Sie wollten offenbar nicht in Junes Gegenwart handgreiflich werden.

Alexis stützte sich auf die Unterarme und lächelte sie schief an. Ihr Herz schlug jedes Mal höher, wenn er das tat, besonders dieses müde Lächeln, das verriet, dass er keine Lust hatte, aufzustehen. Er war ein Langschläfer, sogar für einen Vampir.

In diesen Momenten, kurz bevor er aufstand, wirkte er so menschlich, dass sie kurz vergessen konnte, was er war.

»Alles in Ordnung?«, fragte er, als sie sich wieder neben ihn setzte und ihm die größere Kaffeetasse reichte.

June nickte nur.

»Ich habe dich unten gehört. Hast du dich mit deinem Vater gestritten?«

»Nein, mit Michael.«

Alexis' Miene verfinsterte sich, sie hätte ihn besser anlügen sollen.

Auf ihren Vater war er lange nicht so schlecht zu sprechen, wie auf Michael, was vermutlich an seiner Eifersucht lag – in diesem Punkt waren sich die Erzfeinde Michael und Alexis erstaunlich ähnlich.

»Was wollte er?«

Alexis nahm genüsslich einen großen Schluck von seinem Kaffee. June rückte dicht an ihn heran, sodass er wieder einen Arm um ihre Schultern legen und sie auf die Wange küssen konnte. June hatte gehofft, dass er täte, es tröstete sie.

Michael war einmal ihr bester Freund, beinahe ihr Bruder gewesen. Ohne seine Unterstützung fühlte sie sich verraten und verlassen. Von ihrem Vater hatte sie nichts anderes erwartet, aber bei Michael …

Alexis seufzte laut, als sie nicht antwortete.

»Er hat mich wieder schlecht gemacht, nicht? Immer dasselbe …«

June lehnte den Kopf an seine nackte Schulter und schloss die Augen, mit einem Mal war sie schrecklich erschöpft.

Wie gut fühlte es sich an, von ihm gestützt zu werden, warme Sicherheit durchflutete sie.

»Nein, dieses Mal hatte er es auf mich abgesehen. Er findet, ich verhalte mich wie ein Vampir.«

Sie musste es gar nicht aussprechen, Alexis wusste, dass sie umarmt werden wollte. Er stellte seine Tasse ab und schlang beide Arme von hinten her um sie, sein Gesicht seitlich an ihr Haar geschmiegt.

»Ignorier ihn, er ist ein Idiot.«

Er drückte sie fest an sich und June fasste bereitwillig seine Arme. Alexis wiegte sie besänftigend, als wäre sie ein kleines Kind, und hauchte einen Kuss auf ihr ungekämmtes Haar.

»Bald sind wir weg hier, dann soll er denken, was er will.«

»Ja.«

Nun machte es keinen Unterschied mehr, ob sie blieb oder ging. Michael war ihr einziger Freund, ohne ihn hielt sie nichts mehr von der Flucht in ein neues Leben ab …

Eine kalte Leere breitete sich immer weiter in ihr aus, verzweifelte klammerte sie sich an Alexis.

13. Kapitel

Die Stimmung war angespannter als sonst und die Kneipe überfüllt wie nie zuvor. Überall drängten sich die Schutzsuchenden, sodass Alexis sich kaum bewegen konnte. Bei so vielen Leuten hätte er eigentlich in der Menge untergehen müssen, dennoch hatte er das Gefühl, von allen Seiten angestarrt zu werden. Um ihn herum wurde es stiller und Leute, die ihn sonst ignorierten, verfolgten ihn mit ihren Blicken auf jedem Schritt.

Für Jason wäre das nicht ungewöhnlich, weil ihn alle kannten und er überall beliebt war, die Blicke allerdings, die Alexis trafen, hatten nichts mit Bewunderung zu tun.

Alexis schob sich weiter durch die Menge, zu der Treppe, die nach oben zu Jasons Wohnung führte. Ein ungutes Gefühl machte sich in ihm breit, während um ihn nach und nach alle Gespräche verstummten.

War etwas vorgefallen? Hatten die Jäger möglicherweise ein weiteres Versteck gefunden und ausgehoben?

Endlich erreichte er die Treppe. Angesichts des Platzmangels standen auch dort Kneipengäste. Sie waren noch in ihre Gespräche vertieft, der Stimmungswandel im

Raum war an ihnen bisher unbemerkt vorübergegangen, doch kaum schob Alexis sich an ihnen vorbei, da versanken auch sie in angespanntem Schweigen.

»Ist er das?«, hörte Alexis eine junge Frau flüstern.

Ihr Gegenüber wagte nicht sprechen, der Vampir starrte Alexis, wie versteinert an und nickte er schüchtern.

»Wer bin ich?«, fuhr Alexis sie gereizt an, das ungute Gefühl in seinem Bauch wurde stärker. Sollte er nicht besser das Haus verlassen?

Eigentlich wollte er nur noch einmal die Lage prüfen, ob Junes Vater unmittelbar Gefahr drohte. Er wollte nicht in dem Wissen gehen, dass June bald erfahren würde, dass Jonathan und Frank ihren Vater getötet hatten.

Er konnte hören, wie die verschiedensten Kneipengäste die Luft anhielten. Alle Augen waren auf den untersten Treppenabsatz gerichtet, wo die beiden Vampire sich ängstlich mit dem Rücken zur Wand drängten.

»Lass die beiden in Ruhe«, mischte sich Natalia in ihrer Rolle als Hausherrin ein.

Sie kam mit eleganten Schritten von oben die Treppe herab. Sogar ihr Auftreten ihm gegenüber hatte sich verändert, ihr einladendes Lächeln und die aufreizenden Blicke waren erkaltet.

Verachtung schwang in ihrem Mienenspiel.

»Mein Bruder erwartet dich.«

Das hatte Alexis bereits befürchtet, alle schienen, ihn erwartet zu haben.

Normalerweise war es eine Auszeichnung, wenn man in Jasons Wohnung gebeten wurde, doch als er Natalia folgte, fühlte Alexis sich wie ein Lamm auf dem Weg zur Schlachtbank.

Er hatte sich schon vieles zu Schulden kommen lassen, aber er war noch nie deswegen von Jason zur Rede gestellt worden.

Auf dem Weg über die Treppe ließ er seinen Blick nochmals durch die Kneipe und über die Gäste streifen. Er hatte keine Chance, zu entkommen, die Menge versperrte ihm den Weg.

Er hätte es mit etwa zweihundert Widersachern zu tun – keine Chance, zu entkommen.

»Habe ich etwas ausgefressen?«

Die sonst so gesprächige Natalia sagte kein Wort und Alexis wusste, dass er in ernsten Schwierigkeiten war.

Es hatte wieder keinen Vergeltungsschlag gegeben. Die Jäger freuten sich bereits, weil sie glaubten, es läge daran, dass die Vampire zu sehr geschwächt waren, doch June konnte diese Zuversicht nicht teilen.

Die einzige Erklärung dafür war, dass etwas anderes, Größeres, alle Kapazitäten für sich beanspruchte. Die Vampire sammelten sich zum Angriff.

Sie hörte Michaels Schritte auf dem alten Parkettboden des Wohnzimmers, verglichen mit Alexis schleichenden Bewegungen klangen sie wie das Trampeln eines Elefanten.

Es war kurz vor Mitternacht, er kam von seiner ersten Patrouille, um Bericht zu erstatten. Vermutlich auch, um June wieder einmal mit seinen Zudringlichkeiten zu belästigen und herauszufinden, was aus Alexis geworden war.

»Es ist ruhig heute«, erklärte er, noch bevor sie nachfragte, »Ich habe keinen einzigen Blutsauger gefunden«, sein Blick schweifte durchs leere Wohnzimmer, »Dein geliebter Blutsauger scheint auch ausgeflogen.«

»Er wollte etwas erledigen.«

»Einen unschuldigen Menschen überfallen und aussaugen?«

June tat ihm nicht den Gefallen, auf diese Unterstellung einzugehen, aber sie konnte auch nicht leugnen, dass sie diese Befürchtung teilte. Schließlich brauchte Alexis Blut, um zu leben, und da er June nie gebissen hatte, musste er sich andere Quellen erschlossen haben.

»Mir kommt es heute zu ruhig vor«, versuchte sie, das Thema zu wechseln.

Schon mehrere Jäger hatten ihr telefonisch Bericht erstattet, keiner von ihnen hatte einen Vampir zu Gesicht bekommen.

Zwar war es nun schon einige Wochen ruhig, aber ein paar leichtsinnige Blutsauger fand man immer.

»Ich weiß.«

Michael verbarg sein Desinteresse nicht.

»Aber wir können nur abwarten.«

Das hörte June gar nicht gerne, *abwarten* bedeutete, dass Jemand sterben musste, bevor sie etwas unternehmen konnten.

»Das ist wie beim Schach«, fuhr Michael fort, obwohl er vermutlich nie Schach gespielt hatte. Alle Jäger verglichen ihre Arbeit gerne mit einem Schachspiel, weil sie sich dann gebildeter vorkamen, obwohl sie nur als Bauern die Befehle eines Königs befolgten, ohne zu bemerken, dass der König längst nicht mehr weiter wusste.

Michael führte seine schlechte Metapher voller Überzeugung weiter aus: »Wir müssen warten, bis der Gegner seinen Zug tut.«

June stand schwungvoll auf und schnappte sich ihren Mantel von der Stuhllehne, »Unfug, unser Kampf hat nichts mit Schach zu tun.

Wir müssen nicht warten, bis wir wieder am Zug sind, wir können auch verhindern, dass der andere überhaupt einen Zug tut. Das hier ist kein Spiel mit festen Regeln.«

Michael beäugte sie misstrauisch.

»Ist das überhaupt noch *unser Kampf*? Stehst du noch auf unserer Seite?«

June nahm den Pflock aus der Schublade und versteckte ihn in ihrem Hosenbund, ehe sie sich in Richtung der Haustür aufmachte.

Eine Antwort war überflüssig. Es war nie ihr Kampf gewesen, sondern immer der ihres Vaters. Sie kämpfte nicht gegen die Vampire, sie beschützte nur ihren Vater.

»Weißt du, was man dir vorwirft?«

Jason saß in einem hohen Ledersessel, mit einem Weinglas voller Blut in der Hand, während Alexis in einer gewissen Distanz vor ihm stehen blieb.

Natalia huschte wortlos durch die Tür.

»Da gäbe es viele Möglichkeiten, aber sicher nichts, was dich belasten würde.«

Alexis stellte sich dumm – ein Geständnis kam nicht in Frage, möglicherweise würde er etwas zugeben, von dem Jason noch gar nichts ahnte.

Zumal es keine mildernden Umstände gab, falls Jason wirklich von seiner Zusammenarbeit mit den Jägern wusste.

»Beispielsweise?«, hakte Jason gelassen nach, er kannte Alexis' Art gut genug, um sein Vorhaben zu durchschauen – leider.

Alexis seufzte, die Liste seiner kleineren Vergehen war lang.

»Ich habe deiner Schwester das Herz gebrochen, vermutlich auch einigen anderen, aber das tun wir doch alle hin und wieder.«

Er lächelte, doch Jason ging nicht darauf ein.

»Ich schätze, ich schulde deinem Barkeeper unten ein hübsches Sümmchen …«, er zuckte mit den Schultern, »Ich nehme nicht an, dass du mich wegen solcher Lappalien einbestellst.«

Jason blieb todernst.

»Ich habe dir von dem Vorfall im Hotel erzählt.«

»Sicher, eine schreckliche Sache.«

»Fast zweihundert sind gestorben«, Jason nahm einen Schluck aus seinem Glas, »Man munkelt, du hättest die Jäger dorthin geführt.«

Die schlechte Luft verschlug June beinahe den Atem.

Sie hasste diese Spelunken, in denen auch ihr Vater sich so gerne betrank. Diese hier war noch schlimmer, es war eine der letzten Vampirkneipen. Eine, von der die Jäger nichts wussten, auch der große Rafael Meloy nicht, nur June und Michael.

Sie hatten vor Monaten beschlossen, dieses Etablissement geheim zu halten. Es diente ihnen als Anlaufstelle, falls sie Informationen brauchten. Michael legte sich regelmäßig in der Nähe auf die Lauer und verfolgte volltrunkene Vampire zu ihren Wohnungen. Wenn er dabei ein Nest entdeckte, plante June einen Anschlag darauf.

Dieses Vorgehen hatte sich bewährt, es passte allerdings nicht zu Rafael Meloy. Es wäre nicht in seinem Sinn, ausgewählte Vampire am Leben zu lassen und eines ihrer Verstecke nicht anzugreifen.

Sie hatte sich kaum gesetzt, als bereits ein angeheiterter Vampir neben ihr Platz nahm und einen Arm um ihre Schulter legte.

»Hey, Süße, was treibt dich an einen so dunklen Ort?«

Er roch ekelerregend nach Bier, Schweiß und Menschenblut.

»Es ist heute überall so ruhig, wo sollte ich also hin?«

»Na, dann bist du hier ganz richtig, hier ist es nie ruhig.«

June sah das anders, der Schankraum war bis auf eine Handvoll Vampire und den Wirt wie leer gefegt. Wahrscheinlich hatte sich herumgesprochen, dass die Jäger die Gaststätte im Auge behielten.

»Besonders viel ist hier auch nicht los«, gab sie mit gespielter Enttäuschung zurück, »Wo sind denn alle?«

»Ist doch schnuppe! Du hast ja mich, Süße, ich werde dir den Abend versüßen.«

Sie ließ ihren Blick nochmals durch die Runde schweifen. Die Vampire waren deutlich in der Überzahl, aber sie waren angetrunken – im Zweifelsfall hatte sie gute Chancen einen Kampf zu gewinnen.

»Können wir nicht irgendwohin gehen, wo mehr los ist?«

Sie zog den süßen Schmollmund, den sie sich vor dem Spiegel antrainiert hatte, als Waffe im Streit mit Michael oder ihrem Vater.

»Hier ist es doch viel gemütlicher.«

Er rückte ein Stück näher an sie heran – ein Stück zu nah.

»Hier ist es langweilig.«

»Das sind Hinrichtungen auch.«

June wurde hellhörig, endlich kam sie der Sache näher.

»Hinrichtungen?«

Sie musste die Neugier nicht einmal vorspielen. Bisher war es niemandem gelungen, herauszufinden, wo die Vampire ihre Versammlungen abhielten, aber alle wussten, dass Hinrichtungen an diesem geheimen Ort stattfanden. Wenn sie diesen Ort fände, wäre es ein Durchbruch.

Der Vampir seufzte traurig, weil ihre Aufmerksamkeit mehr der Hinrichtung galt als ihm, aber er antwortete.

»Sie wollen einen Verräter hinrichten, er soll an der Sache im Hotel schuld sein.«

June schluckte schwer. *Alexis*. Hatten die Vampire von seinem Verrat erfahren? War er ihnen in die Hände gefallen?

»Lass uns dahin gehen!«

»Ach, ich habe das schon oft gesehen, es ist langweilig, Süße.«

June nahm all ihren Mut zusammen, unterdrückte ihre Abscheu und küsste den Kerl auf die Wange.

»Ich wollte schon immer mal eine Hinrichtung sehen – ich wäre ja so dankbar, wenn du mich mitnimmst …«

»Du glaubst das doch nicht, Jason?«

Alexis hatte Angst. Er musste Jason von seiner Unschuld überzeugen.

»Wenn es ihnen nicht einer gesteckt hat, woher sollten die Jäger dann von dem Hotel wissen?«

»Ich bin dein Freund. Du kannst mich nicht für einen Verräter halten, du kennst mich doch!«, flehte Alexis verzweifelt, doch Jason verzog keine Miene.

»Du warst mein Freund. Bist du es immer noch?«

»Natürlich!«

»Du hast dich in letzter Zeit kaum sehen lassen, man sagte mir auch, dass du schon länger nicht mehr Zuhause warst. Wo steckst du die ganze Zeit?«

Angst ergriff Alexis.

»Hast du mir nachspioniert?«

Jason zuckte mit den Schultern.

»Ich musste sicher sein, bevor ich das Urteil fälle, Alex.«

»Welches Urteil?«

»Dein Todesurteil« die Worte hallten in Alexis' Kopf wider, aus dem Nebenzimmer traten zwei von Jasons Schlägern und näherten sich ihm.

»Bringt ihn aufs Dach und sorgt dafür, dass er bis Sonnenaufgang da oben bleibt.«

Die beiden packten Alexis und schleppten ihn davon.

»Wie weit ist es noch?«, wollte June ungeduldig wissen.

Schon eine halbe Stunde ging sie eng umschlungen mit dem Vampir durch die Straßen Richtung Innenstadt.

Mit einigen angedeuteten Versprechungen hatte sie ihn überzeugt, sie zum Hinrichtungsort zu begleiten. Der Vampir ahnte nicht, dass es das Letzte sein würde, was er tat.

Nur der Gedanke an sein baldiges Ableben gab June die Kraft, seine Hand auf ihrem Hintern zu dulden – Alexis hätte sich niemals so dreist verhalten, obwohl sie seine Freundin war.

»Nicht mehr weit und bis Sonnenaufgang haben wir noch reichlich Zeit. Ich wüsste auch, wie wir uns die verkürzen könnten.«

Bei dem Gedanken wurde es June beinahe übel. Schon den Kerl zu küssen war widerlich, noch mehr Nähe würde sie nicht ertragen und er nicht überleben. Er seufzte, als er ihre Abneigung gegen seinen Vorschlag bemerkte, was jedoch nichts daran änderte, dass er sein Glück versuchen würde.

»Da vorn ist es.«

Er deutete auf einen von zwei Plattenbauten, vor dem sich bereits eine Traube von Schaulustigen gebildet hatte.

Endlich wusste sie, was sie wissen musste. Ihr simpler Plan hatte funktioniert.

Blitzschnell wirbelte sie herum und versetzte dem Vampir mit beiden Händen einen Stoß, der ihn rücklings zu Boden brachte.

Es musste schnell gehen. Ihre einzige Chance, ihn zu besiegen, lag im Überraschungsmoment. Sie kniete sich rittlings über ihn und versetzt ihm einen gezielten Faustschlag ins Gesicht.

Zwar fehlte ihr die Kraft, ihn bewusstlos zu schlagen, doch sie gewann die wertvollen Sekunden, die sie benötigte, um ihre Waffe zu zücken, und auf das Herz des Vampirs zu zielen.

Sie stieß beinahe blindlings zu. Ob sie das Herz traf, war Glückssache.

Ihr Opfer stöhnte auf und versuchte ein letztes Mal, sich zu wehren, bevor er sich endlich in stinkende Asche verwandelte.

June keuchte. Es war das erste Mal, dass sie einen Vampir getötet hatte, und es war leichter, als sie erwartet hatte. Vielleicht hatte sie doch die Anlagen ihres Vaters geerbt, zumindest in dieser Hinsicht.

Sie atmete einen Moment tief durch, um neue Kraft zu schöpfen.

Das war erst der Anfang. Sie musste Alexis aus einem Haus voller Vampire holen. Immerhin wusste sie, dass ihm bis Sonnenaufgang nichts geschehen würde.

Sie konnte sich vorbereiten.

14. Kapitel

»Du bleibst hier«, erklärte Michael, während er sich eine kugelsichere Weste anlegte.

Es hatte zwei Stunden gedauert, bis alle Jäger, die June verständigt hatte, eingetroffen waren, nun machten sie sich zum Angriff bereit.

Keiner wollte sich einen groß angelegten Überraschungsangriff entgehen lassen. Sie stürzten sich auf ihre Nachricht, wie ausgehungerte Raubtiere auf ein Festmahl. Die Jäger definierten sich weitgehend über ihre Kämpfe, wenn sie nicht töten, waren sie nutzlos.

Michael selbst erschien als einer der Letzten vor Ort, obwohl sie ihn nicht verständigt hatte. Offenbar hatte er es von den anderen erfahren.

Leider.

Nun stellte er sich Junes Plänen in den Weg, was sie nicht zulassen konnte. Nicht, wenn es um Alexis ging.

Sie baute sich entschlossen vor ihm auf, sodass sie nur noch einen halben Kopf kleiner war als er.

»Ich komme mit.«

Immer noch blickte Michael voller Ärger über ihren Dickkopf auf sie herab.

»Da ist kein Platz für dich. Wir brauchen keine Anfänger, die uns im Weg rum stehen.«

»Ich gehe mit.«

»Warum? Geh lieber Heim zu deinem Vampir-Schatz.«

June schüttelte den Kopf.

»Ich bleibe. Alexis ist da drinnen und ich muss aufpassen, dass ihr nicht den Falschen umbringt.«

Michael schien erfreut über diese Nachricht, er fand vermutlich großen Gefallen daran, dass er die Gelegenheit hatte, Alexis im Eifer des Gefechts zu beseitigen.

»Da drinnen ist es zu gefährlich«, betonte er nochmals.

June lächelte triumphierend.

»Dann wirst du mich eben beschützen müssen.«

Michael schnaubte verärgert.

»Ich kann unmöglich Babysitter für dich spielen.«

Mit einem Schulterzucken wandte June sich von ihm ab, natürlich würde er sie beschützen und dabei konnte sie darüber wachen, dass er nicht *versehentlich* Alexis umbrachte.

Es war bereits kurz vor Sonnenaufgang, höchste Zeit anzugreifen.

June trat an die Spitze der Männer, eine Position, die gewöhnlich Michael oder ihrem Vater zustand. June war bei den Einsätzen normalerweise nicht einmal anwesend, dennoch würde keiner ihre Autorität in Frage stellen, schließlich war sie Rafael Meloys Tochter.

»Wir greifen an!«, verkündete sie und marschierte, allen voran, auf das Haus zu, die Jäger folgten und zogen ihre Waffen.

Michael drängte sich durch die Menge an ihre Seite und zerrte sie weiter nach hinten.

Zum ersten Mal war sein Blick weicher.

»Ich bitte dich, June, warte hier auf uns.«

Sie machte sich los und schritt voran, mitten unter den Jägern.

Alexis konnte die Augen kaum öffnen.

Die beiden Schläger hatten ganze Arbeit geleistet, er fühlte sich, als wäre jeder Knochen in seinem Körper gebrochen. Sein Schädel dröhnte und war zu schwer, als dass er ihn heben könnte.

Er lag reglos am Boden, denn jede noch so kleine Bewegung wurde mit Tritten und Schlägen beantwortet. Natürlich hatte das nichts damit zu tun, seine Flucht zu verhindern – das taten die Fesseln an Händen und Füßen zur Genüge – die beiden Schläger hatten schlicht ihren Spaß daran, einen Verräter zu verprügeln.

Nun, da Jason ihn verurteilt hatte, war Alexis Freiwild. Solange er bei Sonnenaufgang noch lebte, war egal, in welchem Zustand.

Allen Verrätern erging es so.

Sie wurden nicht gepfählt, sondern dem Sonnenlicht ausgesetzt und davon bei lebendigem Leibe verbrannt.

Lange konnte es nicht mehr bis dahin sein, zumindest hoffte Alexis das, er wollte es hinter sich bringen.

Schon seit einer ganzen Weile kämpfte er mit den Tränen. Er weinte um June, weil sie weinen würde, wenn er nicht zurückkam. Sie würde denken, er habe sie verlassen – sie würde ihn verfluchen und hassen.

Dieser widerwärtige Michael würde sie trösten und sie eines Tages zur Frau bekommen.

June für immer gefangen in der Welt der Jäger ...

»Bereust du deine Tat endlich?«

Jason ging auf dem Dach auf und ab. Er hatte peinlich genau überwacht, wie seine beiden Untergebenen ihr Werk taten, und hatte sie weiter angestachelt. Seine Freundschaft zu Alexis war dahin, als hätte es sie nie gegeben.

»Ich habe nichts getan«, beteuerte Alexis erneut.

Er schmeckte Blut in seinem Mund. Aber auch dieses Mal schenkte Jason seinen Worten keine Beachtung, stattdessen versetzte er Alexis einen harten Tritt in den Bauch, sodass er hustend Blut ausspuckte.

June betrat mit den letzten Männern das Haus, gefolgt von Michael.

Im Inneren, einer Art Bar, herrschte undurchsichtiges Chaos. Die Jäger stürzten sich auf den Feind, der gespalten war: Einige versuchten, zu fliehen, und liefen so den draußen lauernden Jägern in die Arme, die anderen wehrten sich im Kampf mit allem, was man als Waffe verwenden konnte.

June versuchte, den Kämpfen aus dem Weg zu gehen.

Sie war sich sicher, Alexis nicht hier unten zu finden. Also schob sie sich durch die Menge der panischen Vampire zu einer Treppe. Michael folgte ihr, wenn auch mit wachsendem Abstand, da er mehrmals von Vampiren angegriffen wurde. June schenkte man dagegen keine Beachtung, sie wirkte wohl zu ungefährlich.

Trotzdem brauchte sie mehrere Minuten, bis sie die Treppe erreichte. Von allen Seiten wurde sie immer wieder gestoßen und geschubst.

Sie ging einige Stufen nach oben, bis ihr eine flüchtende Vampirin ihr entgegenkam.

Ihre Gelegenheit. June stürzte sich auf die Frau und warf sie zu Boden.

»Wo ist Alexis?«

Demonstrativ hob sie den Pflock und zielte auf das Herz der Untoten, dennoch zögerte ihr Opfer, es sah, wie Junes Hand zitterte. So hatte June keine Chance, sie musste mehr Druck ausüben, also holte sie aus.

»Auf dem Dach!«, kreischte die Vampirin, doch es war zu spät, der Pflock bohrte sich bereits in ihr Herz.

Vermutlich war es besser so, andernfalls hätte die Vampirin sie möglicherweise angegriffen.

Nun hatte June schon zwei Vampire getötet, in einer Nacht.

So schnell wie möglich eilte sie weiter.

Der Sonnenaufgang nahte und Alexis war in großer Gefahr.

»June! Warte auf mich!«

Sie wartete nicht. Michael hatte die Treppe noch nicht einmal erreicht, sie musste es alleine schaffen.

Bis zum Dach waren es noch mehrere Stockwerke. June war außer Atem, als sie endlich das Ende der Treppe vor sich ausmachen konnte.

Der Gedanke, dass sie Alexis nun schon so nahe war, gab ihr neue Kraft. Sie stieß eine schwere Metalltür auf und stürmte auf das Flachdach.

Sie sah Alexis auf dem Boden liegen, leblos und gefesselt. Am Horizont kündigte ein roter Streifen bereits den Sonnenaufgang an.

Zuletzt bemerkte sie die drei Vampire, die glücklicherweise genauso überrumpelt waren wie sie und die Gelegenheit zum Angriff verpassten.

June stürzte sich, ohne nachzudenken, auf den Vampir, der ihr am nächsten war.

Sie schwang ein Bein so hoch, sie konnte. Der harte Tritt traf den Kopf ihres Gegners, bevor er sich ducken konnte. Mit Anlauf rannte sie auf den Benommenen zu und rempelte ihn mit der rechten Schulter an. Der Vampir taumelte nach hinten – ein weiterer kräftiger Stoß und er fiel rücklings vom ungesicherten Dach.

Keuchend wand sie sich nach den anderen beiden um, sie waren näher gekommen, einer setzte schon zu einem Kinnhaken an.

Instinktiv duckte June sich, in letzter Sekunde, womit ihr Gegner nicht gerechnet hatte, weshalb er nun das Gleichgewicht verlor. June nutzte die Gelegenheit und trat ihn zielsicher in die Magengrube, dann folgte ein gezielter Hieb mit dem Ellenbogen auf den Hinterkopf, als er sich vor Schmerz krümmte.

Der war außer Gefecht gesetzt, sie konnte sich dem Dritten zuwenden.

Da war es schon zu spät. Der Vampir traf sie am Kopf und sie ging zu Boden.

»Alexis!«, keuchte sie hilflos. Sie lag nicht weit von ihm entfernt, sie konnte seinen rasselnden Atem hören. Von ihm konnte sie keine Hilfe erwarten, er war zu schwer verletzt.

Plötzlich hörte sie schnelle Schritte auf dem Dach, sie öffnete kraftlos die Augen.

Der Vampir rannte davon. Dann spürte sie die ersten warmen Sonnenstrahlen auf ihrem Gesicht.

Die Sonne ging auf.

Mühevoll richtete sie sich auf.

Hinter ihr flog die Metalltür erneut auf, Michael stürmte auf das Dach.

»Bist du verletzt?«

Sie ignorierte seine Frage und kroch zu Alexis heran. Sein Gesicht war von blauen Flecken und blutenden Wunden übersät.

»Alexis, wach auf!«

Sie strich vorsichtig über sein Haar, er öffnete für eine Sekunde die Augen, lächelte und verlor erneut das Bewusstsein.

June stand umständlich auf und stemmte mit aller Kraft ihren Freund in die Höhe. Die Sonne kletterte am Firmament immer höher und das Licht auf dem Dach wurde intensiver. Sie musste Alexis sofort in Sicherheit bringen.

Michael war inzwischen neben ihr angelangt.

Mit Widerwillen half er ihr, den bewusstlosen Vampir ins schützende Dunkel des Treppenhauses zu bringen.

Michael wartete auf dem Flur vor Junes Zimmer, während sie drinnen Alexis' Wunden versorgte. Zum Glück heilten die Wunden bereits, wenngleich er seit einer Stunde ohne Bewusstsein war.

Zumindest war er in Sicherheit und sie wusste, wem sie diese Tatsache zu verdanken hatte.

June schloss die Tür leise hinter sich und lehnte sich von außen dagegen.

»Danke, dass du ihm geholfen hast.«

Michaels Gesicht verriet keine Gefühlsregung, nicht einmal den Hass, den er Alexis sonst entgegenbrachte.

»Ich habe dir geholfen.«

June lächelte.

»Ohne dich hätte ich Alexis vielleicht nicht retten können.«

Er zuckte mit den Schultern.

»Versteh mich nicht falsch, June, ihn hätte ich am liebsten liegen lassen, aber ich wollte nicht, dass du dich noch länger auf dem Schlachtfeld aufhältst.

Es schwächt die Männer, wenn sie auf dich aufpassen müssen. Das Risiko konnte ich nicht eingehen.«

»Trotzdem danke.«

Sie entzog sich dem Gespräch schnell wieder, bevor der übliche Vortrag über die Sinnlosigkeit ihrer Beziehung zu Alexis begann.

Zu ihrer Überraschung fand sie ihn nun wach vor, sein Blick ruhte auf ihr, sobald sie wieder ins Zimmer trat.

»Wie geht es dir?«

Sie setzte sich neben ihn auf die Bettkante, bemüht, zu lächeln.

»Als hätte man mich halb tot geprügelt und beinahe verbrannt.«

Auch Alexis bemühte sich, zu lächeln, doch seine Verletzungen machten es zu einer mitleiderregenden Fratze.

»Du lebst zumindest.«

Sie fasste seine Hand, wobei ihr Blick auf die Fesselspuren an seinen Handgelenken fiel. Ihr Herz zog sich schmerzhaft zusammen. Was hatte er nur erdulden müssen?

Fast hätte sie geweint, da zog Alexis sie trotz all seiner Verletzungen kraftvoll zu sich herab, bis sie dicht neben ihm lag.

»Ich lebe nur, weil du mich gerettet hast«, flüsterte er liebevoll.

June lächelte.

»Dann sind wir jetzt quitt.«

Sie küsste ihn zögerlich auf die Hand, weil es der einzige Fleck schien, den sie berühren konnte, ohne ihm Schmerzen zu zufügen.

»Wissen die Vampire jetzt, dass du den Jägern das Hotel verraten hast?«

Er nickte.

»Wir müssen so schnell wie möglich die Stadt verlassen. Wenn sie uns finden, werden sie auch dich umbringen.«

June schüttelte entschlossen den Kopf.

»Du musst dich erholen.«

Die Schmerzen raubten Alexis fast den Verstand, wenngleich er spüren konnte, wie seine Verletzungen allmählich heilten.

Die oberflächlichen Wunden schlossen sich bereits, viel schlimmer waren die Knochenbrüche, die viel langsamer heilten, was den Heilungsprozess umso schmerzhafter machte.

Alexis war dem Sonnenlicht nur für eine Minute ausgesetzt, aber es hatte ihm sehr viel Kraft geraubt. Und den Blutdurst geweckt, was ihm erst bewusst wurde, als June neben ihm lag und vor Lebenskraft nur so sprühte.

Wie gerne hätte er sich einen kleinen Schluck davon genommen – es würde die Heilung beschleunigen und ihm Kraft geben.

Er hob einen Arm und legte ihn um June, ein Schmerz durchzuckte ihn und er keuchte laut auf.

»Du musst stillliegen!«, wehrte sich June sogleich.

Ungeachtet dessen schob Alexis seinen Arm fester um sie.

Er fühlte sich so entsetzlich schwach und hatte das Bedürfnis sich an ihrem weichen Körper festzuhalten.

»Mir ist kalt und du bist so schön warm.«

Die Lüge tat ihre Wirkung, June zog die Decke weiter über ihn und rutschte näher an ihn heran.

Soll ich dir noch eine Decke holen?«

»Nein, du reichst mir vollkommen.«

»Brauchst du sonst etwas? Medikamente oder einen Arzt vielleicht?«

Alexis öffnete einen Moment die Augen, sah in ihr besorgtes Gesicht.

Er konnte ihr unmöglich sagen, dass er Blut brauchte …

Was sollte sie denn tun? Sollte sie ins nächste Krankenhaus laufen und sich eine Konserve geben lassen?

Er würde ihr nur Angst machen.

»Alexis?«

Er bemühte sich, zu lächeln, brachte jedoch kein Wort hervor.

»Brauchst du etwas?«

Junes Stimme wurde immer dünner, ihre Sorge wuchs.

Ihm schwirrte der Kopf, das Einzige, was er sicher ausmachen konnte, war Junes liebes Gesicht und der kräftige Herzschlag, der heißes Blut durch ihren Körper pumpte.

Sie strich mit einer Hand leicht über sein Haar.

Er schloss für einen weiteren Moment die Augen und genoss ihre Berührungen, die ihn so zärtlich von seinem Schmerz ablenkten, jedoch den Durst weiter schürten.

»Alexis?«

Er zögerte und wandte den Blick ab.

»Ich brauche Blut …«, gab er schweren Herzens zu, er konnte ihre von Sorge getrübten blauen Augen nicht belügen.

Neben ihm versteifte June sich, der Gedanke musste befremdlich für sie sein. Wahrscheinlich hatte sie Angst.

Verübeln konnte er es ihr beim besten Willen nicht, ihn drängte es tatsächlich, sie zu beißen. Es kostete ihn gleichermaßen Kraft und Mut, die Augen zu öffnen und sie anzusehen.

Zunächst war Junes Miene wie versteinert, dann zauberte sie ein liebevolles Lächeln hervor. Es verschwamm vor seinen Augen, die Welt schien in die Ferne zu rücken und ihre Farbe zu verlieren. Er würde das Bewusstsein wieder verlieren.

»Schon gut«, flüsterte Junes sanfte Stimme dicht an seinem Ohr, »Du darfst mich beißen.«

Er sah sie irritiert durch den dichter werdenden, grauen Nebel vor seinen Augen an. June rückte noch näher an ihn, sie legte beide Hände vorsichtig unter seinen Kopf, sodass er ihn hob und ihrem Hals näherte.

»Ich will dir nicht wehtun …«

Allein diese kleine Bewegung, als er sich auf die Seite drehte, kostete ihn so viel Kraft, dass er fürchtete, sie nicht zu Ende führen zu können.

Junes dünne Arme stützten ihn – sie brachte mehr Kraft auf, als er ihr zugetraut hatte.

»Mach dir darum keine Sorge, Alexis, ich will alles tun, damit es dir besser geht.«

Er legte seine Arme um sie und presste sie an sich. Er roch sie, fühlte sie, hörte ihren unruhigen Herzschlag. Statt sie zu beißen, küsste er zunächst nur ihren zarten Hals, sie sollte zur Ruhe kommen.

Immer noch hielt sie ihn mit ihren Armen. Sie stieß ihn nicht von sich, obwohl sie wusste, was ihr bevorstand. Doch hinter ihrer maskenhaften Entschlossenheit verbarg sie Angst, ihr Herzschlag verriet sie.

Er hatte nicht die Kraft, länger zu warten oder etwas zu sagen, schon gar nicht die Kraft, sich seinem Hunger zu widersetzen.

Er hatte keine Wahl, sein Körper brauchte ihr Blut.

Das Verlangen nach ihrem Blut nahm überhand und er biss zu.

15. Kapitel

June keuchte auf unter dem stechenden Schmerz, mit dem Alexis' Zähne sich in ihren Hals bohrten.

Sie hatte nicht damit gerechnet, dass der Biss so schmerzhaft sein würde. Mühevoll unterdrückte sie einen Schrei, dann fühlte sie, wie er seine Zähne zurückzog und die beiden Wunden begannen, heftig zu bluten. In regelmäßigen Abständen hörte sie Alexis' Schlucken und spürte sein sanftes Saugen.

Sie hatte Angst. Was, wenn Alexis die Kontrolle über sich verlor und sie versehentlich tötete?

June hätte keine Möglichkeit, sich zu wehren. Alexis war zu stark und schwer, als dass sie ihn von sich stoßen könnte.

Der Blutverlust setzte ihr immer mehr zu, ihr schwindelte bereits und Müdigkeit befiel sie, sodass sie nur noch am Rande des Bewusstseins vor sich hindämmerte.

Die Lider wurden ihr schwer, sie kämpfte gegen die nahende Ohnmacht an. Schon hatte sie nicht mehr die Kraft, Alexis festzuhalten. Sie sank immer tiefer aufs Bett, umfangen von seinen starken Armen.

Schließlich hob Alexis den Kopf wieder und bettete sie vorsichtig auf ein Kissen.

»Ruh dich aus, es wird dir bald wieder besser gehen.«

Er beugte sich mit einem lieben Lächeln über sie, was June nur noch durch einen dichten Nebelschleier erahnen konnte. Sie bemühte sich nochmals, zu lächeln, bevor ihr die Augen zufielen. Sie konnte sich der Müdigkeit kaum noch widersetzen.

Alexis küsste sie so zart, dass sie es kaum spürte, dennoch schmeckte sie auf seinen Lippen ihr Blut.

»Du musst schlafen«, flüsterte er in beschwörendem Ton.

Trotzdem stellte June sich entschlossen dem Schlaf entgegen, bis sie das Bewusstsein verlor.

Alexis betrachtete die schlafende June.

Ihr Blut hatte ihm gutgetan, sein Körper erholte sich schneller, als er zu hoffen gewagt hatte. Inzwischen konnte er sich fast ohne Schmerzen bewegen, auch wenn er sich noch nicht kräftig genug fühlte, aufzustehen.

Für June galt nun allerdings dasselbe. Sein Biss hatte sie mehr mitgenommen, als er erwartet hatte. Er hatte angenommen, sie würde den Blutverlust besser wegstecken, weil sie immer so stark wirkte, doch nun sah er sie schwach und hilflos.

Doch schon nach einer Stunde schlug sie die Augen auf und blinzelte ihn verschlafen an.

Alexis streichelte liebevoll ihre schwache Hand.

»Wie geht es dir?«

»Müde.«

Sie wandte ihm das Gesicht zu mit einem matten Lächeln.

»Schmerzen?«

Er strich zärtlich über ihren Hals. Die Bisswunden hatten sich bereits geschlossen, nur zwei helle Narben waren noch zu sehen und auch die würden bald verblassen. Trotzdem zuckte June unter der leichten Berührung zusammen, wohl weniger aus Schmerz, als wegen der Erinnerung an seinen Biss.

»Nein«, log sie trotz der verräterischen Reaktion ihres Körpers.

»Es tut mir leid, Süße, ich wollte dir nicht so zusetzen.«

»Halb so wild, Alexis, solange es dir nur besser geht.«

Er küsste sie auf die Wange.

»Du bist ein Engel, June.«

Er küsste erneut die kühle Haut. Es rührte ihn, dass sie bereit war, ihr kostbares Blut mit ihm zu teilen. Ihr Blut an sich war nicht Besonderes, es war wie das anderer Menschen auch, und doch fühlte es sich so anders an.

Der Gedanke, dass sie es ihm schenkte, machte es zu etwas besonderem – ein Liebesbeweis, mit dem er nie gerechnet hatte, den er nie gefordert hätte …

»Du hättest das doch auch für mich getan«, murmelte sie verschlafen.

Alexis lachte leise.

»Was solltest du mit meinem Blut wollen?«

»Unsterblichkeit?«

Er blinzelte sie irritiert an.

»Willst du etwa ein Vampir werden?«

»Nein, aber es wäre doch möglich, nicht?«

»Ja, du müsstest nur ein Wenig von meinem Blut trinken, dann würdest du in kurzer Zeit zum Vampir. Aber bleib lieber so, wie du bist.«

Er küsste sie auf die Wange.

»Wirklich? Obwohl soviel zwischen uns steht?«

Er zuckte mit den Schultern.

»Ich habe mich in dich trotz dieser Hindernisse verliebt, es muss sowas wie Schicksal sein und allmählich gewöhne ich mich daran.«

»Aber es wäre einfacher für dich, wenn ich ein Vampir würde.«

»Das spielt keine Rolle.«

June seufzte leise.

»Mein Vater würde mir das sowieso nie verzeihen.«

»Wird er es dir verzeihen, wenn du mit einem Vampir durchbrennst?«

»Vielleicht in einigen Jahren, wenn Gras darüber gewachsen ist.«

Alexis hatte wenig Hoffnung, dass jemals genug Gras darüber wachsen könnte, um das zu bewerkstelligen. Rafael Meloy war stur und seine Meinung festgefahren, daran würde sich nichts ändern.

»Was ist eigentlich gestern Abend passiert, dass man dich plötzlich umbringen wollte?«, fragte June leise.

Alexis zuckte traurig mit den Schultern.

»Auf Verrat steht die Todesstrafe.«

»Dann wissen deine Leute jetzt, dass du meinem Vater geholfen hast?«

»Ja.«

Er bemühte sich, Ruhe zu bewahren, obwohl ihm die Angst die Kehle zuschnürte.

»Weißt du, wie sie es erfahren haben?«

Sie strich mit einer Hand tröstend über seinen Arm.

»Nein. Aber so ist das mit Geheimnissen, sie kommen irgendwann ans Licht.«

»Aber davon wussten doch nur wir und die Jäger …«

»Die Jäger, von denen die meisten mich tot sehen wollen.«

Er bereute sofort, dass er diesen Verdacht so offen aussprach.

June verstand, wen er meinte, und der Gedanke setzte ihr sichtlich zu. Die Befürchtung, ihr Vater oder Michael könnte ihren Freund ans Messer geliefert haben. Sie wagte nicht einmal, zu widersprechen, sondern versank in ihren Gedanken.

Das hatte er nicht gewollt, er hatte June diese Sorge nicht aufbürden müssen.

»Eigentlich spielt es keine Rolle. Du hast mich gerettet.«

Er wollte schnell vom Thema ablenken, June indes ging nicht darauf ein, sie grübelte weiter.

Was Alexis angedeutet hatte, ließ June keine Ruhe. Es wäre ein unvorstellbarer Verrat an ihrer Freundschaft, wenn Michael Alexis an die Vampire verraten hätte. Sie musste dem nachgehen.

Deshalb warf sie sich einen Rollkragenpullover über und ging hinunter, wo Michael auf der Wohnzimmercouch schlief.

Alexis bemerkte gar nicht, dass sie aufstand, er schlief tief und fest, immer noch erschöpft von den Ereignissen der vergangenen Nacht.

Es war auch besser so, June wollte dieses Gespräch alleine mit Michael führen. Sie wollte ihn nicht überführen, sondern sicherstellen, dass Alexis' Vorwürfe jeder Grundlage entbehrten.

Michael richtete sich verschlafen auf und sah sie an.

»Wie geht es ihm?«

Noch an diesem Morgen hatte June es als rührend empfunden, dass Michael nach Alexis fragte, nun kam es ihr gespielt vor.

Sagte er das, um sie zu täuschen? Oder aus Schuldgefühl ihr gegenüber?

»Er schläft, die Sache hat ihm ziemlich zugesetzt.«

War es Enttäuschung, was sie in Michaels Miene sah? Sie spürte Wut in sich aufsteigen und platzte offen damit heraus.

»Hast du etwas damit zu tun, dass die Vampire Alexis plötzlich an den Kragen wollen?«

Auf Michaels Miene zeigte sich Überraschung, allerdings keinerlei Schuldgefühle. Sein Lächeln war selbstsicher, als wäre er von seiner Tat vollkommen überzeugt – war das bereits ein Schuldgeständnis?

»Wie sollte ich?«

Er zuckte mit den Schultern.

Gewöhnlich war June empfänglich für seine kindliche Unschuldsmiene, sie hätte ihm auch jetzt gerne Glauben geschenkt, aber mehr und mehr keimte in ihr das Misstrauen auf.

Sie musste sich Sicherheit verschaffen, damit sie sich und Alexis diesen Gedanken guten Gewissens ausreden konnte.

»So, wie ich erfahren habe, dass Alexis hingerichtet werden soll. Du hast mit den Vampiren geplaudert und nebenbei eine Bemerkung fallen lassen.«

Diese Unterstellung müsste Michael, der sich ja selbst als ihren Freund bezeichnete, vollkommen aus der Fassung bringen.

Gelassen lächelte er.

»So etwas traust du mir zu?«

»Ich traue dir alles zu, was dazu dient, Alexis los zu werden – irgendwie müssen die Vampire davon erfahren haben und außer dir wusste keiner davon …«

Als June es aussprach, wurde ihr bewusst, wie gut dieses Handeln zu Michaels Denken passte, wie wahrscheinlich es war.

»Denkst du wirklich, ich wäre so niederträchtig? Wenn ich Alexis loswerden wollte, würde ich ihn pfählen, wie jeden anderen Vampir auch – das wäre wesentlich weniger gefährlich für mich.«

June musste ihm Recht geben, solch heimtückische Attacken passten nicht zu den Jägern, aber ein ungutes Gefühl in ihrem Bauch sagte ihr, dass sie zu Michael passten. Er war der einzige Jäger, der bereit war, die Vampire als Mittel zum Zweck zu missbrauchen. Und wer außer den Jägern sollte Alexis verraten haben?

»Sagtest du nicht, du wolltest mich vor Alexis beschützen?

Wolltest du ihn nicht umbringen?«

Michael seufzte theatralisch.

»Du kennst mich doch, ich bin emotional, ich rede viel ... ich würde dir nie so weh tun, ich weiß doch, dass du mir das nie verzeihen würdest.«

Genau das war es, was Alexis' Verdacht plausibel machte.

»Deshalb hast du ihm die Vampire auf den Hals gehetzt. Du dachtest, dann erfahre ich nicht, dass du das dahinter steckst.«

Michaels Lächeln verschwand.

»Denkst du wirklich, so was würde ich tun? Wir sind doch Freunde.«

»Da bin ich mir nicht mehr so sicher.«

Michael setzte an, heftig zu widersprechen, ein Geräusch im Flur allerdings ließ ihn innehalten. Es war die Tür zum Schlafzimmer ihres Vaters, der noch nichts davon wusste, was am frühen Morgen vorgefallen war. Zu dem Zeitpunkt war er noch auf seinem Streifzug durch Kneipen und Bars gewesen.

Er wäre sicher nicht begeistert davon, dass man einen Großangriff, ohne ihn geplant und durchgeführt hatte.

June und Michael standen sich beide wie versteinert gegenüber – hatte er ihren Streit gehört?

»Warum macht ihr beiden so früh eine solche Unruhe?«, maulte er die beiden an.

June atmete erleichtert auf, ihr Vater hatte nicht gehört, welche Vorwürfe sie gegen seinen Schwiegersohn in spe erhoben hatte.

Michael allerdings erstattete wie gewohnt Bericht.

»Deine Tochter glaubt, ich hätte sie hintergangen.«

»Was sagst du da?«

Ihr Vater funkelte sie verärgert an.

»June! Was soll dieser Unfug?!«

Sie fühlte sich unfähig, zu antworten. Ihrem Vater konnte sie nicht sagen, was geschehen war – dass sie alleine zu den Vampiren gegangen war, die Jäger missbraucht hatte, um Alexis zu retten, und sich mit Vampiren geprügelt hatte. Das würde er ihr nie verzeihen. Und natürlich würde er Michael in Schutz nehmen.

June sah Hilfe suchend zu Michael. Sein Blick sprach deutlich, *Wenn du nichts sagst, sage ich es auch nicht.*

Verärgert biss June sich auf die Lippen.

»Willst du nichts dazu sagen?«, fuhr ihr Vater sie an.

»Nichts, was du hören willst.«

Sie wandte sich ab und wollte wieder nach oben gehen. Der ganze Aufstand war umsonst gewesen. Sie hatte nicht herausgefunden, ob Alexis' Anschuldigungen gerechtfertigt waren.

Aber nun wusste Michael von ihrem Verdacht und obendrein hatte sie ihren Vater gegen sich aufgebracht. Schlechter hätte es kaum laufen können.

»Seit wann trägst du eigentlich im Sommer einen Rollkragenpullover?«

Sie zuckte erschrocken zusammen. Hätte Michael das nicht übersehen können, so wie ihr Vater?

»Ich habe Halsschmerzen.«

Mittlerweile war auch das Interesse ihres Vaters geweckt, er musterte sie aufmerksam.

June trat den Rückzug an, sie steuerte bereits auf die Treppe zu, ohne die beiden Männer eines weiteren Blickes zu würdigen. Die Angst in ihren Augen hätte sie verraten.

Sie hörte die schweren Schritte ihres Vaters hinter sich.

»Du bleibst hier!«

Schon hatte er sie am Handgelenk gepackt.

Wenn sie sein Misstrauen nicht weiter schüren wollte, musste sie sich ihm stellen und seine Bedenken zerstreuen, bevor sich ein Verdacht herauskristallisierte.

Mit einem dicken Kloß im Hals drehte sie sich nach ihm um.

»Versteckst du etwa einen Knutschfleck von diesem Kerl?«, wollte ihr Vater wissen.

»Ja ...«

Es war das kleinere Übel, einen Knutschfleck konnte ihr Vater eher verkraften.

Ihr Vater betrachtete June misstrauisch, ihr Geständnis hatte ihn überrascht. Vielleicht würde ihn das milder stimmen, vielleicht würde er Nachsicht mit ihr haben und seine Strafpredigt kürzen ...

Über die Schulter ihres Vaters hinweg sah sie Michael, er hatte die Arme verschränkt und funkelte sie böse an. Seine Miene verhieß nichts Gutes.

Ihr Vater ließ ihre Hand los und wollte in Richtung Küche torkeln. Er brauchte seinen Anti-Kater-Kaffee und Aspirin gegen die Kopfschmerzen, damit er wieder klar denken konnte.

June atmete erleichtert auf. Wenigstens ein Mal kam ihr die Trinkerei ihres Vaters zugute.

»Zeig ihn mir!«, verlangte Michael plötzlich, zum Erstaunen von Vater und Tochter.

»Wozu? Du hast wirklich schon genug von der Sorte gesehen.«

June musste ihn von dieser Forderung abbringen.

»Stimmt, vor allem in letzter Zeit an deinem Hals und bisher hast du kein Geheimnis daraus gemacht.«

Michael wusste es!

Ihr Vater sah zuerst zu Michael, dann wand er sich wieder June zu.

»Da hat er Recht…«

June erstarrte. Sie sah, wie die Schadenfreude Michaels Lippen zu einem grausamen Lächeln verzog.

Entschlossen fasste ihr Vater sie am Kragen und zog ihn nach unten, um ihren Hals zu entblößen. Die beiden Wunden waren längst nur noch kreisrunde Narben, die viele Leute übersehen hätten, aber nicht ein Jäger, nicht Junes Vater, der wusste, wonach er suchen musste.

»Wie konntest du nur!«, fluchte er und stieß sie zur Seite.

Ihr Vater stürzte die Treppe nach oben.

Er wollte Alexis umbringen!

June wollte ihm nachsetzen, ihren verkaterten Vater konnte sie alle Mal aufhalten! Sie musste nur schneller sein als er …

»Du bleibst hier!«

Michael fasste mit eisernem Griff ihren Arm.

»Lass mich los!«

»Diesmal kannst du ihn nicht retten.«

June zerrte an ihrem Arm, doch Michaels Griff war eine unerbittliche, stählerne Fessel. Indessen hatte ihr Vater den Flur des Obergeschosses erreicht und näherte sich ihrer Zimmertür – und Alexis, der vermutlich von seinen Verletzungen so erschöpft war, dass er sich nicht wehren konnte.

»Lass mich los!«, fauchte sie, als letzte Warnung, der Michael natürlich nicht nachgab.

Er ließ ihr keine andere Wahl – mit der freien Hand versetzte sie ihm einen kräftigen Hieb unters Kinn. Irritiert taumelte Michael zurück und im Schreck lockerte sich sein Griff, sodass sie hindurchschlüpfen konnte.

So schnell sie konnte, rannte sie hinter ihrem Vater her, stolperte die Treppe mehr nach oben, als dass sie lief.

Ihr Vater hatte die Tür bereits geöffnet.

Sie musste ihm zuvorkommen, sie musste Alexis beschützen, nachdem sie ihn vor den Vampiren gerettet hatte, konnte sie nicht zulassen, dass ihr eigener Vater ihn umbrachte!

Alexis hörte polternde Schritte auf der Treppe und Junes Rufen wie durch einen Schleier. Mit aller Mühe kämpfte er gegen seine Müdigkeit an, bis er wieder klar denken konnte.

Er hatte nicht bemerkt, dass June aufgestanden war und auch nicht, wie die Unruhe im Untergeschoss begonnen hatte, doch er spürte die Bedrohung. Wahrscheinlich wieder ein Streit zwischen June und Michael.

In jeder anderen Situation wäre er hinuntergegangen und hätte sich der Konfrontation gestellt, im Moment allerdings konnte er sich kaum regen.

Er durfte sich allerdings nicht darauf verlassen, dass June ihn wieder beschützte, sie war dem jungen Jäger an Kraft nur allzu sehr unterlegen.

Alexis musste sich wohl oder übel verstecken, wie ein Feigling.

Er stand auf, so schnell er konnte, was jedoch nicht wirklich schnell war. Die lauten Schritte waren bereits auf dem Flur vor der Zimmertür angelangt und wieder hörte er Junes panische Stimme. Die Zeit war knapp, er konnte es nicht mal mehr ins benachbarte Badezimmer schaffen.

Es war fast zu simpel – er kroch unter das Bett, wenngleich der Platz dort sehr begrenzt war.

Im nächsten Augenblick flog die Tür auf und Rafael Meloy stürmte schnaubend herein.

Nur einen Augenblick später folgte ihm June, beide erstarrten, als sie das Bett leer vorfanden.

»Wo hast du ihn versteckt?«, wollte der große Jäger von seiner Tochter wissen.

June schnaufte heftig, sie musste sich verausgabt haben, aber sie war gegenwärtig genug, die Situation für sich zu nutzen.

»Er war heute gar nicht hier – ich weiß nicht, wo er ist.«

»Woher kommt dann der Biss an deinem Hals?«

Alexis hätte sich am liebsten selbst geohrfeigt – in was für eine unglückliche Situation hatte er June nur gebracht?

Er hätte daran denken müssen, dass ihr Vater es erfahren würde. Es war keine Kunst, sich vorzustellen, wie sehr der Anblick der Bissspuren am Hals seiner Tochter Rafael Meloy aufregte, und mit welcher Wut ihn das erfüllte.

»Das war nicht Alexis. Ich war gestern auf Streife, weil ich ein ungutes Gefühl bei einem leer stehenden Haus hatte.

Dummerweise war ich etwas unaufmerksam, da hat einer mich beißen können, aber ich habe ihn erledigt.«

Nichts in Junes Stimme verriet ihre Lüge.

»Du hast alleine gegen einen Vampir gekämpft? Warum hast du nicht Michael hingeschickt?«

»Ich konnte ihn nicht erreichen.«

»Dann hättest du eben auf ihn warten müssen! Ein paar Stunden mehr oder weniger ...«

»Ich kann so was gut alleine erledigen. Du hast mich genauso gut ausgebildet wie Michael.«

»Offensichtlich nicht! Du wurdest gebissen!«

»Es ist nur eine leichte Verletzung und längst verheilt.«

Ihr Vater stapfte wütend davon.

»Tu so was nie wieder!«

Mit einem lauten Knall schlug er die Tür hinter sich zu.

Mit einem erleichterten Seufzen sank June mit dem Rücken gegen die geschlossene Tür und langsam zu Boden, bis sie wie ein Häufchen Elend auf dem Boden saß.

Alexis hörte sie, laut schluchzen. Seine tapfere Freundin weinte.

Sofort schob Alexis sich unter dem Bett hervor und eilte, ganz gleich, wie sehr er schwankte, zu ihr und ging neben ihr auf die Knie.

»Wein doch nicht!«

Er schloss sie in seine Arme, ihr Rücken bebte unter dem heftigen Schluchzen, das sie zu unterdrücken versuchte.

»Es ist doch alles gut.«

Er kam sich so heuchlerisch vor, wie sollte June sich von solchen Worten beruhigen lassen?

»Was ist denn geschehen?«, fragte er leise, obwohl er es bereits ahnte.

»Du hattest Recht…«, brachte June stockend hervor, wobei sie sich fest an ihn klammerte.

»Womit?«

Er streichelte ihren gebogenen Rücken, drückte sie kraftvoll an sich.

»Michael hat dich an die Vampire verraten, ich bin mir sicher.

Er hat auch eben meinen Vater auf dich hetzen wollen.«

Sie rutschte näher an Alexis heran, auf der Suche nach Trost in seinen Armen. Sie bestätigte seine schlimmsten Befürchtungen.

Der Moment hatte kommen müssen, da die Spannungen zwischen ihm und Michael zu groß wurden – zu gefährlich. Alexis konnte es ertragen, er kam damit zurecht, aber June zerbrach daran.

Alexis musste dem ein Ende setzen, er musste June davor schützen.

»Schon gut, bald gehen wir fort von hier«, versprach er leise.

»Wozu noch warten, lass uns sobald wie möglich weggehen!«

Er hörte das nur allzu gerne, je eher sie fortgingen, desto besser.

»Ich habe einen Freund auf dem Land, den werde ich heute Nacht anrufen und ihn um Hilfe bitten. Wir können sicher eine Weile bei ihm unterkommen.«

Er küsste sie sanft, »Ich regle das.«

Diesmal war es Alexis, der nicht schlafen konnte. Er befürchtete einen heimtückischen Angriff von Junes Vater – schlafend wäre er ein leichtes Opfer und er war sicher, dass die beiden Jäger nur auf eine solche Gelegenheit warteten.

June war, vom Weinen und dem seelischen Schmerz ausgelaugt, ins Bett gekrochen und innerhalb weniger Minuten vollkommen im Schlaf versunken.

Trotz der Umstände schlief sie erstaunlich ruhig, dicht an ihn gekuschelt.

Alexis bedeckte ihre entspannten Züge nochmals mit sanften Küssen, sie schmiegte sich immer dichter an ihn und seufzte leise. Sie wirkte so schutzbedürftig.

Nicht zu fassen, dass sie ihn gerettet hatte.

Als er auf dem Dach bewusstlos geworden war, hatte er gerade noch gesehen, wie June auf das Dach stürmte – mit wehendem Mantel und erhobenem Pflock.

Sie hätte locker als Chefjägerin durchgehen können, zumindest für einen Moment die perfekte Nachfolgerin ihres Vaters.

Nun war sie plötzlich wieder so zart, klein und schwach, dass er sie in den Armen halten musste.

Er musste sie beschützen, koste es, was es wolle.

16. Kapitel

»Wo willst du hin?«, fragte June besorgt, als Alexis im Mantel vor sie trat.

Sie war gerade erst aufgestanden und noch schlaftrunken.

»Ich muss etwas erledigen.«

Er lächelte, um sie zu besänftigen.

»Du willst doch nicht wieder zu den Vampiren gehen, oder? Die werden dich umbringen!«

Alexis küsste sie flüchtig.

»Keine Sorge, ich gehe nur zu einem Bekannten, um unseren Umzug zu planen. Mir wird nichts passieren.«

Er küsste sie wieder.

»Versprochen. In ein paar Stunden bin ich wieder da.«

»Das hast du das letzte Mal auch gesagt.«

Junes Lippen verzogen sich zu einem niedlichen Schmollmund, sodass Alexis nicht länger ernst bleiben konnte. Er schmunzelte.

»Jetzt weiß ich ja, dass man mich sucht, also werde ich vorsichtiger sein als das letzte Mal.«

Er küsste sie und ging, bevor sie widersprechen konnte.

»Pass auf dich auf!«, rief sie ihm noch hinterher, als wüsste sie, wie gefährlich sein Vorhaben war.

Es tat ihm leid, dass er sie so hintergehen musste. Er hätte lieber eine andere Lösung für das Problem gefunden, eine bei der niemand leiden musste.

Das Glück war auf seiner Seite.

Alexis fand Michael an Junes Schreibtisch, wo er ihre Unterlagen durchsuchte, Alexis interessierte sich allerdings nicht dafür, was er suchte.

Er trat zu dem jungen Jäger hin.

»Ich will dich sprechen«, erklärte er kalt.

»Nur zu.«

»Nicht hier.«

Michael musterte ihn.

»Nicht hier, wo June uns hören könnte, richtig?«

June hörte es sehr wohl.

Sie beobachtete, wie die beiden Männer das Haus verließen. Alexis hatte sie angelogen, wie sie es bereits befürchtet hatte. Sie kannte ihn mittlerweile gut genug, um seine Lügen zu durchschauen.

Alexis konnte es nicht auf sich sitzen lassen, dass Michael ihn ans Messer geliefert hatte. Er würde Michael deswegen zur Rede stellen und möglicherweise würde es zu Handgreiflichkeiten zwischen Michael und Alexis kommen. Sie konnte seinen Groll nachvollziehen, deshalb würde sie den beiden Männern nicht folgen.

Michael war durchaus in der Lage sich zu verteidigen und für das, was er Alexis angetan hatte, verdiente er eine Strafe.

Es kam June ohnehin gelegen, dass beide aus dem Haus waren, so konnte sie in Ruhe mit ihrem Vater sprechen. Wenn Michael in der Nähe war, nutzte er jede Gelegenheit, ihn weiter gegen Alexis aufzubringen.

Vielleicht konnte sie sich in seiner Abwesenheit mit ihrem Vater versöhnen …

Alexis schlenderte über einen verlassenen Parkplatz.

»Ich hatte dich gewarnt«, erklärte er ernst. Es war tiefste Nacht, sie waren allein, keine Zeugen, keine Schiedsrichter, der perfekte Platz für ein Duell.

Es würde nicht fair zugehen, darauf hatten sie sich ohne Worte geeinigt, Michael hielt hinter seinem Rücken bereits einen Pflock gezückt und glaubte, Alexis habe das nicht bemerkt.

Alexis war ihm überlegen, er wusste, dass Michael bei der ersten Gelegenheit angreifen würde. Und auch er war bewaffnet, er hatte June vorsorglich einen Dolch entwendet.

Er hatte nicht vor, Michael durch einen Biss zu töten – dieser Kampf war etwas anderes, ein Duell um das Herz einer Frau.

»Das heißt hier und jetzt findet der große Showdown statt? Mensch gegen Vampir?«

Alexis lächelte.

»Nenn' mich ruhig altmodisch, aber ich sehe es eher als ein Duell. Du hast den Fehdehandschuh geworfen und ich muss meine Ehre verteidigen.«

»Ich hätte dich nicht für so verstaubt gehalten.«

Michael holte den Pflock hervor, in der Erwartung, Alexis würde bei diesem Anblick erschrecken, was nicht der Fall war.

»Aber das spielt keine Rolle mehr, weil du nicht mehr lange leben wirst«, verkündete der Jäger siegessicher.

Alexis trat unbekümmert auf Michael zu, seine Waffe hatte er griffbereit am Gürtel befestigt.

»Nun, wenn ich schon sterben soll, dann sag mir wenigstens, ob du es warst, der mich an die Vampire verraten hat.«

»Spielt das eine Rolle?«

»Das tut es.«

Es spielte eine große Rolle.

Sollte Michael gestehen, würde Alexis ihn töten müssen, zu seinem eigenen Schutz, damit er nicht eine neue Intrige schmieden konnte.

Aber er musste Gewissheit haben, bevor er Junes besten Freund umbrachte. Im Zweifelsfall würde er versuchen, die Wahrheit aus dem Jäger herauszuprügeln, und ihn vielleicht sogar am Leben lassen.

Obwohl Alexis den Halbstarken auf den Tod nicht ausstehen konnte, war Eifersucht nicht Grund genug, um ihn zu töten.

Schließlich musste er sein Handeln auch June gegenüber verantworten können.

Michael lächelte siegessicher.

»Ja, ich habe dich verraten. Ich habe ein Gerücht ausgestreut und deine Leute haben es bereitwillig angenommen.«

Michael sprach sein eigenes Todesurteil und stürmte zugleich mit dem erhobenen Pflock auf Alexis zu.

Alexis zögerte keinen Augenblick mehr.

Während er zur Seite wich, nahm Alexis den Dolch zur Hand und stieß ihn seinem Gegenüber in die linke Seite, zielsicher ins Herz.

Der Angriff kam so schnell und unerwartet, dass Michael nicht die geringste Chance hatte. Michaels Versuch, den Pflock in seine Brust zu rammen, vereitelte Alexis geschickt. Der Pflock bohrte sich stattdessen in seinen Oberarm – indes nicht tief genug, dass es bedrohlich für Alexis gewesen wäre.

Er trug Junes Blut in sich, was ihm ungeheure Kräfte verlieh.

»June wird dich dafür hassen«, stieß Michael gequält hervor, als er bereits in die Knie sank.

Alexis' Dolchstoß hatte präzise sein Ziel getroffen, Michael hatte keine Chance mehr.

Ungerührt riss Alexis den Dolch aus dem Fleisch seines Gegners. Michael hatte ihm genug Qualen zugemutet und obendrein June in Gefahr gebracht. Angesichts dessen konnte Alexis den Tod des jungen Jägers nicht bedauern.

»Das soll nicht deine Sorge sein«, er musste es June vermitteln.

June trat beinahe lautlos in den Garten, wo ihr Vater auf einer alten Kunststoffbank saß, mit einem Glas Wasser in der Hand. Ausnahmsweise nüchtern, dafür tief in seine Gedanken versunken. Er bemerkte June erst, als sie dicht vor ihm stand.

»Bist du gekommen, um mir zu sagen, dass du mich verlässt?«

Seine Stimme klang so tief bewegt, dass sie in Junes Herz schmerzte wie ein Messerstich.

Ihr Vater hatte ihr früher oft gesagt, wie froh er war, dass sie ihn auf seinem Kreuzzug begleitete, wohingegen ihre Schwestern ihm kaltherzig den Rücken gekehrt hatten. Er brauchte sie, er war auf ihre Unterstützung angewiesen.

»Du lässt mir keine Wahl.«

June versuchte, die aufsteigende Traurigkeit vor ihm zu verbergen, sie wollte ihn nicht im Stich lassen – aber hatte sie eine Wahl?

»Nur weil du deine Fehler nicht einsiehst.«

»Ich folge nur meinem Herzen, das kann kein Fehler sein.«

Er gab ihr mit einer Geste zu verstehen, dass sie sich neben ihn setzen sollte, doch sie ging nicht darauf ein.

Einen Moment lang sah er sie ernst an, als versuchte er, sie zu verstehen, dann schüttelte er den Kopf.

»Das Herz ist leichtgläubig, June, es lässt sich leicht auf Irrwege führen.«

»Bist du nicht auch immer deinem Herzen gefolgt? Obwohl du dafür deine Familie aufgeben musstest.«

Die Miene ihres Vaters verdüsterte sich.

»Offensichtlich habe ich so schwerwiegende Fehler gemacht, dass mir nun auch meine letzte Tochter genommen wird.«

»Du würdest mich nicht verlieren, wenn du meine Liebe akzeptieren würdest. Ich weiß, dass Alexis ein gutes Herz hat, sonst würde ich ihn nicht lieben. Ich vertraue ihm und deswegen solltest du ihm auch eine Chance geben. Dann müsste ich nicht gehen.«

»Selbst wenn er ein so gutes Herz hätte, wie du meinst, er bliebe ein Raubtier. So sehr er sich auch die Maske eines Menschen aufsetzt. Wenn du dich zu einem Raubtier in den Käfig wagst, wird es dich früher oder später auffressen.«

»Alexis ist kein Raubtier. Die Vampire sind mit den Menschen näher verwandt, als du wahrhaben willst.«

»Das ist der Affe auch und trotzdem würdest du keinen heiraten wollen.«

»Ich glaube, Alexis ist mehr Mensch als manch anderer«, June zuckte mit den Schultern, »Ich werde mit Alexis fortgehen.«

Ihr Vater schüttelte erneut den Kopf.

»Du machst einen Fehler, June, ein Mensch und ein Vampir können nicht zusammen glücklich werden.«

June lächelte, wobei sie sich wieder dem Haus zuwandte.

Sie würde ihrem Vater beweisen, wie sehr er sich irrte. Sie und Alexis würden glücklich werden, entgegen aller Vorurteile.

Als Alexis zurückkehrte, sprang June entsetzt von ihrem Bett auf und eilte zu ihm.

»Was ist passiert?«

Sie fasste seinen Oberarm und hielt ihn ins Licht der Nachttischlampe.

Alexis sah selbst auf die Wunde an seinem rechten Oberarm.

Michaels Dolch hatte das Leder des Mantels aufgeschnitten, sodass die blutende Wunde nicht zu übersehen war.

»Ich hatte einen Streit mit Michael.«

»Hat er dich verletzt?«

Sie begann, die Wunde zu untersuchen, gewissenhaft, als wäre sie Ärztin einer Notaufnahme, und mit zitternden Fingern.

»Es ist nicht schlimm, in ein paar Stunden wird der Schnitt verheilt sein – ich bin noch mal mit dem Leben davongekommen.«

Er hatte keine Wahl, er musste June mitteilen, was geschehen war. Sie musste erfahren, dass es einen Kampf gegeben hatte und Michael diesen verloren hatte.

»Wollte er dich etwa umbringen?«

June Gesicht verlor zunehmend an Farbe, entsetzt starrte sie ihn an. Es quälte Alexis, dass er ihr das antun musste. June hatte an das Gute in Michael geglaubt und nun musste er ihr sagen, dass Michael ihn verraten hatte und deswegen gestorben war.

»Er hat es jedenfalls versucht«, gab Alexis leise zu, wobei er June in seine Arme schloss.

Er konnte nur ahnen, wie hart diese Worte für sie sein mussten, wo sie Michael doch wie einem Bruder vertraut hatte.

»Ich musste mich wehren …«

June zuckte erschrocken zusammen.

»Ist er verletzt?«

»Ja.«

»Wie schwer?«

Alexis holte tief Luft, allein dieses Zögern beantwortete ihre Frage.

June befreite sich aus seinen Armen und stürmte aus dem Zimmer, Alexis holte sie nur mit großer Mühe ein, bevor sie das Haus verlassen konnte.

Diesmal hielt er sie so fest umklammert, dass sie keine Möglichkeit hatte, ihm zu entkommen. An seine Brust gepresst schleifte er sie zur Wohnzimmercouch.

»Du kannst nichts für ihn tun, ich habe bereits einen Krankenwagen gerufen.«

June schluchzte laut und stützte das Gesicht auf Hände. Tränen standen in ihren dunklen Augen.

»Er wird sich sicher wieder erholen.«

Alexis war sich dessen bewusst, dass er June falsche Hoffnungen machte, doch er tat es um ihretwillen, um sie von Dummheiten abzuhalten.

Bevor er den Parkplatz verlassen hatte, hatte Alexis sich versichert, dass Michael tot war. Den Krankenwagen hatte er nur gerufen, damit er June beruhigen konnte.

Für June war diese Lüge besser, es belastete sie weniger, als wenn er ihr sagte, dass er Michael hatte verbluten lassen.

Kurz war er in Versuchung gewesen, tatsächlich Hilfe zu rufen, aber was hätte das gebracht?

Hätte Michael ihm aus Dankbarkeit June überlassen?

Wohl kaum.

Alexis hätte es genauso wenig getan. Und Michael hätte ihn ebenso skrupellos getötet. Es gab keinen Grund, ein schlechtes Gewissen deswegen zu haben.

17. Kapitel

June und ihrem Vater fiel dieser Gang schwer.

Man hatte sie ins Krankenhaus bestellt, um eine Leiche zu identifizieren. Ihnen beiden war sofort klar, dass es sich um einen der Jäger handeln musste, und June ahnte bereits, dass es Michael war.

Alle Jäger trugen eine Karte bei sich, auf der Junes Handynummer als Notfallkontakt angegeben war. Deshalb hatte man sie um Hilfe gebeten, da der Gefundene keine Papiere bei sich trug.

Ihren Vater hatte sie zur Sicherheit mitgenommen, als moralische und seelische Unterstützung, obwohl sie hoffte, sich zu irren.

Vielleicht hatte Alexis Michaels Verletzung falsch eingeschätzt und der junge Mann erholte sich zuhause in seinem Bett.

»Sorgst du dich?«

Manche Dinge entgingen auch ihrem Vater nicht, wenn er einmal nüchtern war, konnte er tatsächlich sensibel sein.

»Um ehrlich zu sein, ja.«

»Warum? Unfälle sind doch nichts Neues für dich. Wir Jägern führen eben ein gefährliches Leben.«

Sie warteten in einem kleinen Vorraum, der Arzt hatte gesagt, er müsse erst nachsehen, ob die Leiche bereit sei.

Eine letzte Schonfrist für June.

»Ich fürchte, es könnte Michael sein«, gab sie zögernd zu.

Ihrem Vater gegenüber hatte sie bisher mit keinem Wort den Streit zwischen dem Jäger und Alexis erwähnt. Sie würde es auch jetzt nicht tun.

Ihr Vater schüttelte gelassen den Kopf.

»Nein, der kann auf sich aufpassen.«

»Ich habe ihn seit gestern Abend nicht mehr gesehen, er hat sich nicht einmal nach seiner Patrouille gemeldet.«

Ihr Vater drückte ihre Schulter.

»Keine Sorge, Schatz, Michael ist nur nachlässig, ihm ist sicher nichts passiert.«

Ihr Vater machte sich etwas vor, Michael war einer der zuverlässigsten Jäger und hatte immer pünktlich Bericht erstattet, meist sogar persönlich.

Der Arzt kam wieder, sie folgten ihm in einen Nebenraum der Leichenhalle. Eine Metallbahre stand in der Mitte des Raumes, unter dem weißen Lacken zeichneten sich die Konturen des Toten ab. Junes Herz schlug schneller und schmerzlicher. Sie schickte letzte Stoßgebete zum Himmel.

Es durfte nicht Michael sein.

Der Arzt warf ihr einen prüfenden Blick, June zwang sich zu nicken, obwohl sie alles getan hätte, um diesem Moment zu entgehen. Es war ein unerträglich langer Augenblick, als der Arzt nach dem Tuch griff und es feierlich, Zentimeter für Zentimeter, zurückzog.

June schluckte schwer und schlug die Hände vors Gesicht.

Endlich öffnete sich die Zimmertür, Alexis war sofort alarmiert, er rechnete mit einem Angriff von Rafael Meloy, aus Wut über das, was Michael widerfahren war.

Meloy war zwar ein Säufer, aber er konnte immer noch eins und eins zusammenzählen.

Tatsächlich trat Rafael Meloy in den Raum, allerdings nicht in Angriffsstellung, sondern mit der bewusstlosen June auf den Armen.

»Was ist passiert?«, fragte Alexis, als er zu dem berühmt-berüchtigten Jäger hintrat.

»Sie ist zusammengebrochen.«

Rafael Meloy schien ebenfalls mitgenommen, so sehr, dass er für einen Moment sogar seine Feindschaft mit Alexis vergaß.

Der Jäger legte seine Tochter behutsam auf das Bett, bevor er zur Tür stürmte.

»Pass auf sie auf! Sie soll das Haus nicht verlassen, bis ich zurück bin.«

Alexis staunte, dass Rafael Meloy ihm, einem Vampir, seine wehrlose Tochter anvertraute.

Schon im nächsten Moment eilte Rafael davon, selbst im Obergeschoss hörte man noch das Knallen der Haustür, als er in den Spätnachmittag verschwand.

Vorsichtig strich Alexis über Junes Wange. Schlagartig öffnete sie die Augen, wie Dornröschen, das darauf wartete, von ihrem Prinzen wach geküsst zu werden. Aber für ihn und June würde es kein Happy End wie im Märchen geben.

»Ist er weg?«, fragte June kaum hörbar.

Alexis nickte.

»Du hast dich nur bewusstlos gestellt?«

Umständlich stemmte June sich in die Höhe, mit einer Mühe, die ihn augenblicklich an seiner Schlussfolgerung zweifeln ließ.

»Ich bin auf der Autofahrt wieder zu mir gekommen, aber ich wollte nicht mit ihm sprechen. Also habe ich so getan, als würde ich wieder ohnmächtig.«

Sie strich sich ihr zerzaustes Haar zurück. Tatsächlich schien sie immer noch schwach, sie war bleich und ihre Arme zitterten, als sie sich mit aller Kraft auf dem Bett abstützte.

»Leg dich wieder hin, du siehst aus, als könntest du jeden Moment wieder umkippen.«

Stur, wie sie war, schüttelte June den Kopf, was Alexis ohnehin von ihr erwartet hatte. So fasste er sie an beiden Schultern. Wenngleich June ihm kaum Widerstand leisten konnte, kam es zu einem kurzen, stummen Zweikampf, ehe sie genötigt war, sich auf die Matratze sinken zu lassen.

Sie schloss die Augen, sodass Alexis zunächst fürchtete, sie würde wieder das Bewusstsein verlieren. Dann aber sah er das feuchte Glänzen in ihren langen, schwarzen Wimpern.

Eine dicke Träne rann über ihre bleiche Wange und hinterließ eine nasse Spur auf ihrer Haut.

»Michael ist tot«, schluchzte sie leise und ließ ihren Tränen freien Lauf.

Alexis hatte geahnt, dass June weinen würde, dennoch schmerzten ihn ihre Tränen.

Um ihretwillen wollte er beinahe, er hätte Michael nicht getötet, obwohl er vollkommen von der Richtigkeit seiner Tat überzeugt war.

Mit dem Daumen wischte er zärtlich die Tränen von ihren Wangen.

»Es tut mir leid.«

Er wollte sie nicht täuschen, ihr nichts vormachen, er wollte nur ihre Tränen trocknen.

Wie würde sie leiden, wenn er die Wahrheit sagte?

Wenn er zugab, dass er erleichtert über Michaels Tod war und es jederzeit wieder tun würde?

June war hin und her gerissen. Einerseits wollte sie Alexis irgendetwas Hartes an den Kopf werfen und ihm irgendwie wehtun, aus Wut, weil er ihr Michael genommen hatte. Andererseits streckte sie eine Hand nach ihm aus, fasste ihn am Arm und zog ihn zu sich herab.

»Nimm mich in den Arm.«

Alexis ließ sich nicht bitten, er sank neben sie und schlang beide Arme so fest um sie, dass sie kurz das Gefühl hatte, erdrückt zu werden.

Dennoch wehrte sie sich nicht, sondern drehte sich zu ihm, sodass ihr Gesicht an seiner Schulter lag.

Sein fester Griff tat gut, er war das Einzige, was sie vor dem dunklen Abgrund, der sich in ihrem Herzen aufgetan hatte, zu retten vermochte. Sie wollte nicht weinen, sie wollte nicht vom Mörder Michaels getröstet werden, trotzdem genoss sie sein liebevolles Streicheln.

Wie verlogen war dieser Vampir, zu behaupten, er bedauere Michaels Tod! Sie zu trösten, als könnte er ihren Schmerz nachfühlen, obwohl er sich freute, seinen Rivalen aus dem Weg geräumt zu haben.

Wieso war sie so dumm, diesem falschen Trost zu erliegen?

»Bleib für immer bei mir …«, bat sie flüsternd, »ohne dich, habe ich niemanden.«

Alexis drückte sie an sich, sodass es kurz schmerzte. Diesmal merkte er sofort, dass er sie zu fest gedrückt hatte, und ließ lockerer.

»Ich bin da«, versicherte er leise.

»Mein Vater wird dich umbringen wollen, wenn er herausfindet, dass du Michael getötet hast.«

Sie schluchzte noch lauter. Sie hatte Angst, auch noch Alexis zu verlieren.

»Ich werde mich zu wehren wissen.«

Ihr Herz zog sich bei diesen Worten schmerzlich zusammen, sie wusste allzu gut, was das bedeutete: Alexis war bereit, auch ihren Vater zu töten.

Sie schmiegte sich noch dichter an ihn.

Musste sie etwa zwischen ihrem Vater und ihrem Liebsten wählen, so wie sie zwischen Michael und Alexis gewählt hatte?

Sollte sie ihren Vater dem Tod preisgeben, zugunsten eines Vampirs?

»Geh ihm bitte aus dem Weg, wenn ich nicht da bin. Ich will nicht, dass ihr aneinandergeratet.

Ich will nicht noch einen geliebten Menschen verlieren«, ihr eigenes Schluchzen unterbrach sie kurz, »Nicht dich und auch nicht meinen Vater.«

»Ich verspreche es.«

Seine Worte klangen aufrichtig, dennoch glaubte June ihm nicht. Alexis würde keiner Konfrontation aus dem Weg gehen, das war nicht seine Art. Er war einer von denen, die mit dem Kopf durch die Wand rannten, ohne Rücksicht auf die hilflose Wand zu nehmen – selbst wenn diese Wand Junes Familie war …

18. Kapitel

Jason genoss seinen Wein fast so sehr wie frisches Blut, aber nicht das Blut irgendeines Menschen, sondern des Menschen, der ihn um all seinen Besitz gebracht hatte.

Wie alle anderen brannte er auf Rache für die erlittenen Verluste und er hatte beschlossen, die Sache selbst in die Hand zu nehmen. Er war nun der Anführer der Vampire in diesem Krieg.

Die Jäger hatten lange einen Vorteil gehabt, weil sie gemeinsam operierten, diese Zeiten waren vorbei, denn auch die Vampire waren nun zu einem Heer vereint.

Diesmal würden die Jäger die Rache der Vampire mit voller Wucht zu spüren bekommen. Rafael Meloy würde sterben und die Jäger damit ihren Anführer verlieren.

Aber es war weniger der Jäger selbst, nach dessen Blut Jason dürstete, sondern vor allem die Frau, die ihn überrannt und Alexis vor dem Tod bewahrt hatte.

»Erzähl mir von Alexis' Plan«, forderte er Jonathan, den unnützen Handlanger des Verräters Alexis, auf.

Der einst so loyale Alexis-Jünger war mittlerweile äußerst gesprächig, Jasons Leute hatten ihm mit ihren Fäusten die Zunge gelockert.

Er war Jasons erste Anlaufstelle, um zu erfahren, was Alexis geplant hatte, denn bisher kannte er den Plan nur bruchstückhaft.

»Den gibt es nicht mehr«, erwiderte der Vampire im letzten Versuch, Widerstand zu leisten.

Jason gab seinen Schlägern ein kurzes Zeichen – schon die Drohung reichte aus, um Jonathans Widerstand endgültig zu brechen.

»Alexis hat die Familie von Rafael Meloy ausfindig gemacht. Der Mann hat drei Töchter.«

Jonathan musste sich eine dünne Blutspur abwischen, sein Gesicht war übersät von Platzwunden und Schwellungen.

Jasons Schläger verstanden ihr Handwerk.

»Alexis' Plan war, die drei Töchter gefügig zu machen und zu verwandeln, dann sie auszuhungern und schließlich auf ihren Vater hetzen.«

Der Plan gefiel Jason in der Tat, es war die gerechte Strafe für den Jäger, der so viele unsterbliche Leben beendet hatte.

»Die beiden älteren Töchter leben in der Vorstadt und haben keinen Kontakt mehr zu ihrem Vater – zwei langweilige, graue Mäuschen. Die Jüngste lebt bei ihrem Vater und kümmert sich für ihn um die Geschäfte.«

Jason war sich augenblicklich sicher, die junge Frau musste Meloys jüngste Tochter gewesen sein.

Außerdem hatte sie scheinbar eine besondere Beziehung zu Alexis – so besonders, dass sie ihm das Leben gerettet hatte.

June schlief noch.

Alexis war ein Stein vom Herzen gefallen, als das Weinen sie endlich so weit erschöpft hatte, dass sie nicht mehr gegen den Schlaf ankam.

Der Verlust Michaels hatte ihr schwer zugesetzt, aber zu seiner Überraschung machte sie ihm keine Vorwürfe, obwohl er zugegeben hatte, dass er Michael getötete hatte.

Erst nach Mitternacht küsste Alexis sie wach.

Sein Dornröschen reagierte erst auf den zweiten Kuss und auch dann öffnete sie nicht die Augen, sondern stellte sich schlafend, lediglich ihr Schmunzeln verriet sie.

Sie schien plötzlich so unbeschwert.

Alexis unterdrückte ein Lachen, er tat ihr den Gefallen und küsste sie einige Male, bis sie schließlich die Augen öffnete.

»Lass mich doch weiterschlafen …«, quengelte sie, aber Alexis erstickte sie mit einem weiteren leidenschaftlichen Kuss.

»Das geht nicht, wir müssen heute Nacht noch fort von hier.«

June seufzte leise und kuschelte sich dichter an ihn, von Müdigkeit übermannt schloss sie die Augen, ohne ihm zu antworten.

»Ich denke, wir sollten die Gelegenheit nutzen und aufbrechen. Dein Vater ist nicht da, also kann er sich uns nicht in den Weg stellen. Günstiger könnte der Zeitpunkt kaum …«

June unterbrach ihn murmelnd: »Und wohin sollen wir gehen?«

»Ein Freund von mir überlässt uns seine Wohnung in München, solange er auf Reisen ist. Da können wir ein paar Tage bleiben und überlegen, wohin wir wirklich wollen. Ich habe Freunde in Italien und einen Onkel in Griechenland …«

Junes trauriger Blick ließ ihn verstummen.

»Das ist so weit weg …«

»Weg wovon?«

»Von meiner Familie …«

Alexis bemühte sich, die Fassung zu wahren, er hatte angenommen, June habe sich inzwischen mit dieser Aussicht abgefunden.

»Es muss sein, nur so können wir uns in Sicherheit bringen. Hier wird man mich ewig jagen, sogar dein Vater wird mich verfolgen. Je weiter fort wir gehen, desto sicherer ist es für uns.«

Sie nickte niedergeschlagen.

»Können wir wenigstens noch warten, bis mein Vater zurückkommt, damit ich mich verabschieden kann?«

Alexis sah das verräterische Glänzen zurückgehaltener Tränen in ihren Augen.

Sie ahnte wohl, dass er ihr den Wunsch versagen würde.

»Wir warten«, seufzte er schließlich, um sie nicht schon wieder zum Weinen zu bringen.

Jason setzte seine Sonnenbrille ab, es war zu dunkel, er konnte mit ihr nichts erkennen.

Schade um seinen Auftritt, ein Vampir mit Sonnenbrille, das, war ein Anblick, den seine Artgenossen in Erinnerung behielten. Gerade die Sinnlosigkeit machte Eindruck auf einfach gestrickte Personen.

Er betrachtete das Einfamilienhaus in der Vorstadt, das perfekte Kleinstadtidyll, mit weißem Lattenzaun und grünem Vorgarten. Lächerlich perfekt.

Ein merkwürdiger Gedanke, dass in diesen vier Wänden die beiden ältesten Töchter Rafael Meloys lebten, unbehelligt vom Krieg, den ihr Vater begonnen hatte.

Die beiden Nichtsnutze Jonathan und Frank stiegen aus ihrem Gefährt, einem Golf, der längst reif für den Schrottplatz war – ein Wunder, dass er nicht unterwegs in seine Einzelteile zerfallen war.

»Ihr kennt die beiden?«, versicherte Jason sich erneut. Es war ihm unbegreiflich, dass diese Trottel in der Lage gewesen waren, zwei Töchter eines Jägers über ihre wahre Identität hinweg zu täuschen.

Die beiden nickten.

»Dann bitte. Ihr habt zehn Minuten, danach werden meine Leute nachhelfen.«

Mit selbstsicherem Grinsen traten die beiden Idioten und früheren Freunde von Alexis auf die Haustür zu. Schon an der Schwelle wurden sie freudig empfangen und widerspruchslos eingelassen. Irgendwas mussten die beiden Weiber an ihnen gefunden haben.

Jason war das egal, es war nur der erste Schritt. In wenigen Stunden hatte er die perfekte Waffe gegen Rafael Meloy.

Nur um die jüngste Tochter musste er sich noch kümmern, aber das wollte er niemand anderem überlassen. Er hatte eine persönliche Rechnung mit June Meloy zu begleichen.

»Meinst du, man wird uns verfolgen?«

Alexis setzte sich auf und sah zu June hinüber, sie stand an ihrem Kleiderschrank, wo sie eilig einige Sachen für die Flucht zusammenpackte. Einen Pullover hielt sie noch in der Hand, während sie unsicher zu Alexis sah.

»Nicht uns. Mir.«

Er war sich dessen bewusst, dass ihre Flucht nicht so unkompliziert verlaufen würde, wie er es sich vorstellte – insbesondere falls jemand von ihrem Plan erfuhr und ihnen Steine in den Weg legte.

Er bereute längst, dass er Junes Bitten nachgegeben hatte. Rafael Meloy würde ihnen sicher nicht helfen.

»Wird man nicht längst damit rechnen, dass du versuchst, die Stadt zu verlassen?«

Alexis nickte ernst und ließ sich wieder rücklings auf das Bett sinken.

»Die Stadt ist groß, die Vampire können nicht überall zugleich sein, irgendwie werden wir es schon schaffen.«

»Und wenn sie wissen, dass wir zu deinem Freund nach München wollen?«

Alexis zuckte mit den Schultern.

»Wir müssen hoffen, dass sie das nicht wissen.«

Er warf einen Blick zum Fenster hinaus, es waren mehrere Stunden vergangen, bald würde die Sonne aufgehen.

»Für heute ist es sowieso zu spät, wir werden es nicht mehr vor Sonnenaufgang nach München schaffen – also müssen wir warten, bis die Sonne wieder untergeht.«

June nickte erleichtert, aber auch angespannt.

»Ich mache mir Sorgen um meinen Vater.«

Alexis hob den Kopf wieder. Er war eher erleichtert, dass er Rafael Meloy in dieser Nacht nicht zu Gesicht bekommen hatte.

»Wieso?«

»Vielleicht ist ihm etwas zugestoßen …«

»Glaube ich nicht. Er sucht nur Jemanden, an dem er Rache nehmen kann für Michael.«

June sah ihn entgeistert an.

»Meinst du, er sucht Michaels Mörder?«

Alexis nickte nur. Es schien ihm die sinnvollste Erklärung für die Abwesenheit des Jägers. Allerdings schwante ihm Übles, da Rafael Meloy sicher längst Alexis im Verdacht hatte.

»Mach dir keine Sorgen, June, er kann auf sich aufpassen, und da er nicht hier ist, weiß er noch nicht, dass ich Michaels Tod zu verantworten habe.«

June seufzte leise und legte den Pullover in ihre Reisetasche. Alexis sah ihre Sorge an den eng aufeinandergepressten Lippen und dem feuchten Glänzen in ihren Augen.

Wie sie so dastand, schien sie wie ein verschrecktes Reh im Scheinwerferlicht eines herannahenden Autos, erstarrt und unfähig, sich in Sicherheit zu bringen.

Elegant stand Alexis auf, um sie in den Arm zu nehmen, er konnte diesen Anblick nicht ertragen. Dieses verschreckte Reh passte nicht zu ihr, die sie sonst mal ein stolzer Pfau und mal eine jagende Löwin war.

Er schlang seine Arme wie Fesseln um sie und küsste sie lange, spürte dabei, wie ihr Rücken vom Schluchzen bebte.

»Wer hätte sich Rafael Meloys Töchter als Jäger mordende Vamps vorstellen können?«

Jason lachte. Er war mit sich und seinem Werk zufrieden. Es war genial, er verwendete Alexis Plan gegen ihn selbst, so übte er an ihm Rache und zugleich an Meloy.

Vor ihm standen, nun in Satin und Leder, Jennifer und Ann Meloy, die beiden älteren Töchter des Jägers, die Jason und seinen Leuten kaum Widerstand entgegengesetzt hatten.

Im Gegensatz zu ihrer jüngeren Schwester verstanden die beiden nichts von Kampfkunst, sogar Jonathan und Frank hatten sie mühelos überwältigen können.

Auch der Verwandlung zum Vampir hatten die beiden nichts entgegengesetzt, obwohl schon gewöhnliche Menschen in dieser Hinsicht oft hart Brocken waren.

Oft brauchte es Tage oder gar Wochen, bis ein Mensch gänzlich zum Vampir wurde. Die beiden Töchter Meloys hatten es in wenigen Stunden geschafft.

»Wir haben unseren Vater schon immer gehasst«, versicherte Ann, die Älteste der Meloy-Schwestern und zugleich die Unscheinbarste.

Neben ihr auf dem Boden lag der Leichnam eines jungen Mannes, dessen Blut sie sich gerade einverleibt hatte.

Auf Jasons Befehl hin hatte sie nun das erste Mal gemordet – ohne mit der Wimper zu zucken.

»Er hat unsere Familie seinem sinnlosen Kampf aufgeopfert«, bestätigte Jennifer, die mit ihrer blonden Mähne schon deutlich attraktiver war als Ann.

»Andere Kinder haben an den Osterhasen geglaubt, wir an Vampire.«

»Immer mussten wir einen Pflock im Schulranzen tragen.«

»Nach Sonnenuntergang durften wir nicht einmal in den Garten gehen.«

Es gefiel Jason, wie die beiden sich einen Wettstreit lieferten, wer mehr über den eigenen Vater geifern konnte.

An ihrer Loyalität zweifelte er dennoch.

Sie waren Meloys Töchter, selbst wenn sie nun Vampire waren – er konnte ihnen nicht ohne Weiteres trauen, sie waren zu wichtig für seinen Plan, als dass er leichtsinnig sein durfte.

Sie waren das Mordwerkzeug.

Was war ein Mörder, ohne seine Waffe?

»Was ist mit June? Eurer Schwester?«

»Sie ist nur eine Marionette. Unser Vater hat sie perfekt darauf abgerichtet, seinen sinnlosen Kampf zu unterstützen …«, wetterte Ann sofort los, doch ihre Schwester unterbrach sie: »June ist niemand, sie ist Vaters rechte Hand, sonst nichts, sie tut, was er sagt.«

»Wenn sie so ein Niemand ist«, Jason lächelte seine beiden Neuschöpfungen charmant an, »dann ist es für euch wohl kein Problem, sie aus dem Weg zu räumen?«

19. Kapitel

Alexis hatte ein ungutes Gefühl im Magen, June schien es kaum anders zu gehen.

Nach wie vor gab es keine Spur von Rafael Meloy, doch vor einer halben Stunde, pünktlich zum Sonnenuntergang, klingelte das Telefon.

Das Gespräch war lange und sehr einseitig gewesen, June hatte mehrmals genickt und viel geschwiegen, während sich ihre Hautfarbe mehr und mehr jener der weißen Wohnzimmerwand anglich.

Nach dem Gespräch hatte June kaum ein Wort verloren, abgesehen von dem an Alexis gerichteten Befehl, ihr zu folgen.

Mittlerweile hatte sie ihren Wagen in einer ruhigen Straße in der Vorstadt geparkt. Vor mehr als fünf Minuten.

Seither saß sie still da und starrte auf das Lenkrad. Alexis ahnte, dass etwas Schlimmes geschehen sein musste, vielleicht ein Überfall auf die Jäger …

»Hier wohnen meine Schwestern«, begann June tonlos. Sie deutete auf das zweistöckige Haus, vor dem sie den Wagen abgestellt hatte. Es war nichts Besonderes, weiß gestrichen, blaue Fensterläden, alle weit offen, ein kleiner Vorgarten in saftigem Grün mit einem weißen Lattenzaun.

In etwa das, was Alexis sich für seine Zukunft mit June erhoffte, ein friedlicher Ort, wo sie keiner behelligte und sie ein ruhiges Leben führen konnten – Mensch und Vampir in Harmonie nebeneinander.

Eigentlich hätte er das Haus sofort erkennen müssen, er hatte schließlich Jonathan und Frank hierher geführt. Aber das schien ihm inzwischen eine Ewigkeit her.

Nun lag ein dunkler Schatten über dem friedlichen Ort – Junes Anwesenheit.

Sie hatte keinen Kontakt zu ihren Schwestern mehr, das wusste Alexis durch seine Recherchen über die Familie Meloy. Nur ein schwerwiegender Grund konnte sie dazu gebracht haben, dies zu ändern.

»Haben sie dich vorhin angerufen?«, hakte er leise nach, um zu verhindern, dass June erneut in ein stummes Zwiegespräch mit dem Lenkrad versank.

»Nein … Eine Kollegin von ihnen … Meine Schwestern sind heute nicht zur Arbeit erschienen und zuhause ist keiner anzutreffen.«

June blickte hinüber zu dem still daliegenden Haus. Obwohl es bereits dunkel war, brannte in keinem Zimmer Licht.

»Denkst du, ihnen könnte etwas zugestoßen sein?«

June nickte traurig.

»Ich hatte immer Angst, dass das passieren könnte, dass die Vampire eines Tages versuchen, persönlich Rache zu nehmen, an unserer Familie. Sie wissen ja nicht, dass meine Schwestern mit den Jägern nichts zu tun haben.«

Alexis zögerte, er wollte auf keinen Fall durchblicken lassen, dass er ihre Familie ausspioniert hatte.

»Du hast bisher nie von deinen Schwestern gesprochen …«

»Ich will auch nichts von ihnen wissen, wenn es nicht sein muss. Sie haben meinen Vater und mich verlassen. Sie geben meinem Vater die Schuld am Tod unserer Mutter.«

Sie seufzte leise.

»Aber du sorgst dich um sie …«

»Ihre Kollegen sorgen sich, sie dachten ich wüsste mehr … offenbar wissen sie nichts von unserem Familienzwist.«

Mit einem schweren Seufzen schnallte sie sich ab und stieg aus, Alexis war von ihrem plötzlichen Tatendrang überrumpelt, folgte ihr aber, so schnell er konnte.

Er wollte June nicht alleine ins Haus ihrer Schwestern gehen lassen. Er befürchtete, dass sein genialer Plan zur Rache an Rafael Meloy sich verselbstständigt hatte.

Eine böse Überraschung, das hätte er Jonathan und Frank nicht zugetraut.

Die beiden handelten so gut wie nie selbstständig, sie suchten stets nach einem Anführer – vielleicht hatten der Überfall auf Jasons Haus und Alexis' offenkundiger Verrat die beiden verändert, vielleicht hatten sie aber auch einen neuen Anführer gefunden.

June trat an die Tür und klingelte mehrmals, ihr Blick war ernst, sie musste wissen, dass dieses Unterfangen sinnlos war. Dann bückte sie sich, um einen Stein aufzuheben, an dessen Unterseite mit Klebeband ein Schlüssel befestigt war.

»Ganz schön leichtsinnig …«, murmelte Alexis.

June zuckte mit den Schultern.

»Meine Schwestern haben schon früher oft vergessen einen Schlüssel mitzunehmen, wenn sie aus dem Haus gingen. Alte Gewohnheiten legt man nicht so schnell ab.«

Sie schloss auf und betrat das Haus. Alexis folgte ihr auf Schritt und Tritt, wie ein Schatten.

»Sieht nicht nach einem Kampf aus.«

June hatte Recht, nirgendwo waren Kampfspuren zu sehen. Zuletzt betraten sie das Wohnzimmer, wie in allen übrigen Räumen tastete June nach dem Lichtschalter.

Alexis hielt ihre Hand zurück.

Dieser Raum hielt mehr bereit, als die anderen.

Er spürte und roch es. Die letzten Spuren menschlichen Blutes lagen in der Luft. Und nicht nur das.

Sie waren nicht allein.

»Was ist?«

June sah ihn voller Unverständnis an.

Er wollte es ihr sagen, doch die Stimme versagte ihm. Er hatte Angst.

Sein Schweigen dauerte zu lange für June ohnehin schon angespannte Nerven, herrisch machte sie sich los und schaltete das Licht an.

Alexis wusste bereits, in welche Richtung er blicken musste, er hatte die Blicke des anderen Vampirs gespürt durch das unsichtbare Band, das einen Vampir mit seinen eigenen Schöpfungen verband.

Es gab nur zwei Vampire, die derart mit ihm verbunden waren, zwei Vampire, die er zu dem gemacht hatte, was sie nun waren.

Im Dunkeln hatte Frank still abgewartet, in einem bequemen Sessel. Er lächelte siegessicher, mit sich selbst zufrieden, an June gewandt. Die allerdings erstarrte, in einer Mischung aus Furcht und Zorn.

»Tatsächlich, die jüngste Meloy-Tochter ist die schönste.«

Frank erhob sich und machte einen Schritt auf June zu, die reflexartig einen Schritt zurückwich. Alexis nutzte die Gelegenheit und stellte sich als Schutzschild vor sie.

Frank schmunzelte belustigt.

»Kein Wunder, dass du sie für dich ausgesucht und uns die beiden Mauerblümchen überlassen hast.«

Alexis sah June nicht an, er wusste auch so, dass ihr Blick verwirrt zwischen Frank und ihm hin und her wanderte. Hastig griff er nach ihrer Hand, er sehnte sich danach, ihre Nähe zu spüren, zu spüren, dass sie noch da war und sich nicht in Luft auflöste.

»Du scheinst, dein Ziel aus den Augen verloren zu haben«, fuhr Frank fort, »Da dachte ich, ich erinnere dich daran.«

»Was soll das?«, hörte Alexis June flüstern.

Er betete, Frank möge es entgehen, aber der hatte leider ein ebenso gutes Gehör wie Alexis selbst. Sofort wand Frank sich an June, die plötzlich wieder ihren Löwinnenmut entdeckte und hinter Alexis hervor trat, wobei sie ihm ihre Hand entzog.

Es schien eine zufällige Bewegung, doch Alexis' Herz zog sich schmerzhaft zusammen. Obwohl sie die Wahrheit noch nicht kannte, entfernte sie sich bereits von ihm.

Kalte Einsamkeit ergriff sein Herz.

»Ach, dann weißt du nicht, wer mich mit deinen Schwestern bekannt gemacht hat?

Oder, warum Alexis dich kennenlernen wollte?«

Alexis sah zu June, ihre Finger zitterten.

Frank schüttelte den Kopf.

»Du bist einfach zu bescheiden, Alexis. Deine neue Freundin sollte doch von deinem genialen Plan erfahren. Du warst doch so stolz darauf.«

Er trat dicht zu June, die ihn unentwegt mit den Blicken fixierte, als lauerte sie auf eine Gelegenheit, anzugreifen.

»Lass uns gehen, June …«

Alexis fühlte sich, als flehe er sie an, er war sogar kurz davor, vor ihr auf die Knie zu fallen, doch sie schien ihn nicht zu hören, sie war gefesselt von Franks Worten.

»Alexis hatte da eine geniale Idee, um sich an unserem größten Feind zu rächen …«

»Mein Vater …«, stammelte June kraftlos.

»Ja. Aber der gute Alexis fand es langweilig, ihn einfach umzubringen, er hatte die tolle Idee, ihm den größten Schock seines Lebens zu verpassen. Seine eigenen drei, geliebten Töchter als Vampire.«

Alexis reagierte zu spät, er wusste nicht, was er tun sollte – Frank am Reden hindern oder June fortschaffen?

Zu beidem hatte er keine Gelegenheit mehr. June hatte genug gehört, um sich den Rest zusammenzureimen. Sie stürmte davon.

Frank lachte.

»Du muss bescheuert sein, Alexis, dass du dich in ein solches Weib verliebst.«

Der Motor heulte laut auf, June fuhr mit quietschenden Reifen davon in die Nacht.

June hatte Alexis' Ausflüchte gar nicht erst hören wollen.

Jedes seiner Worte hätte sie nur daran erinnert, wie leichtsinnig es war, einem Vampir zu glauben. Sie wollte nicht daran denken. Sie wollte nur weg von ihm.

»Weglaufen ist feige«, das sagte ihr Vater immer, und sie war weggelaufen.

Mehr vor sich selbst, als vor den beiden Vampiren, die keine Anstalten gemacht hatten, sie aufzuhalten.

Sie hätte es wissen müssen, Alexis hatte eine dunkle Seite. Er war ein Vampir und Vampire waren schlecht, das hätte sie wissen müssen – es war eine Weisheit, mit der sie aufgewachsen war wie andere mit der Bibel.

Er hatte sie getäuscht, die ganze Zeit hatte er sie betrogen und benutzt als Instrument für seine Rache. Er hatte ihr seine Liebe vorgespielt.

Alles war nichts weiter als eine Lüge.

Sie konnte sich kaum auf die Straße konzentrieren.

Alles nur gespielt. Jeder Kuss eine Lüge, jede Umarmung nur Mittel zum Zweck.

Sie hatte sich viel zu leicht täuschen lassen und durch diese Leichtgläubigkeit hatte sie

Michaels Tod verschuldet und sogar ihren Vater in Gefahr gebracht.

Sie musste nach Haus, um ihn zu warnen, bevor er Alexis und seinen Helfern in die Hände fiel …

Rafael Meloy war tot müde. Er hatte die ganze Stadt nach Informationen und Zeugen für den Mord an Michael abgeklappert und letztlich nur das erfahren, was er befürchtet hatte.

Alles deutet daraufhin, dass Alexis Michael umgebracht hatte. Rafael hatte es geahnt, aber um Junes Willen hatte er gehofft, sich wenigstens einmal in dem Vampir zu täuschen.

Nun musste er zu allem Übel June die schlechte Nachricht überbringen, ihr endgültig das Herz brechen. Wahrscheinlich würde sie ihm nicht einmal glauben.

Es waren schwere Zeiten.

Erst vor knapp einem Tag hatte er seinen Ziehsohn verloren, nun würde er auch seine letzte Tochter verlieren.

»Lange nicht gesehen, Dad.«

Die Stimme von Ann, seiner ältesten Tochter ging ihm durch Mark und Bein – wie versteinert blieb er stehen und starrte in das dunkle Wohnzimmer.

Jemand schaltete das Licht ein.

Nun sah er, was er nie für möglich gehalten hätte, Ann und Jennifer, seine verlorenen Töchter erwarteten ihn.

Ann saß in seinem Lieblingssessel, in einem kurzen, roten Minikleid, mit einer Eleganz, die sie früher nie an den Tag gelegt hatte. Allerdings war die Wärme in ihrer Miene, die sie von ihrer Mutter geerbt hatte, verschwunden. Ihr Gesicht schien erstarrt zu einer Maske.

Jennifer trat langsam hinter sie, in einem aufreizenden, schwarzen Cocktailkleid, das sie weiblicher erscheinen ließ, als sie tatsächlich war. Auch ihr Gesicht schien reglos.

Rafael hatte noch nie Menschen mit so leeren und kalten Blicken gesehen.

Ein schrecklicher Verdacht stieg in ihm auf. Er kannte diesen Blick.

»Was ist mit euch passiert?«, Rafael stotterte und musste sich mit einer Hand an der Wand abstützen.

»Unser Schicksal hat sich erfüllt.

Hast du es nicht immer gewusst? Dass deine Familie eines Tages deinem Kampf zum Opfer fallen würde?«, fauchte Ann ihn an, »Und nun sind wir gekommen, um deinen Kampf zu beenden.«

»Wo ist June?«, verlangte Rafael zu wissen.

»Natürlich ist das dein erster Gedanke.

Deine liebste June, dein Ein und Alles, die Einzige, die deinen Kampf voranbringen kann«, erwiderte Jennifer zornig.

»Wir spielen keine Rolle, wir sind nutzlos – aber sie! Was würdest du tun, wenn deiner kleinen June etwas zustoßen würde?«

Ann erhob sich mit der Eleganz und Würde einer Raubkatze und Rafael zweifelte keinen Moment daran, dass sie auch wie eine Tigerin zubeißen würde.

»Wo ist sie?«, wollte er wissen.

Ann näherte sich ihm mit langsamen, kleinen Schritten, ihre hohen Absätze klapperten auf dem Parkettboden, auf dem sie früher als Kind mit Puppen gespielt hatte.

»Nicht hier. Noch nicht. Sie ist später dran, wir sind deinetwegen hier.«

Rafael spürte den Hass, der aus Anns einst so sanften Augen sprühte.

»Was wollt ihr von mir?«

Ann entblößte die spitzen, strahlend weißen Eckzähne, die neuerdings ihr makelloses Gebiss zierten. Rafael musste schwer schlucken, seine Befürchtung traf zu, seine beiden Töchter waren zu Vampiren geworden.

»Ich hätte euch beschützen müssen …«, murmelte er, als er vor seiner ältesten Tochter zurückwich.

Aus dem Augenwinkel sah er, dass Jennifer sich ihm von der anderen Seite näherte, die beiden wollten ihn in die Enge treiben.

Ann lachte verächtlich auf, der engelsgleiche, glockenhelle Klang war verschwunden, stattdessen klang ihr Lachen fremdartig, unnatürlich.

»Wovor? Vor den Vampiren, die uns überfallen haben, um sich an dir zu rächen? Welche Rolle spielt das noch? Unser ganzes Leben hast du zerstört für deinen sinnlosen Kampf. Die Opfer waren dir egal, ganz gleich, ob es unsere Mutter oder unsere Familie war. Warum sollte es nun anders sein?

Du hast uns geopfert.«

»Ich habe euch nicht geopfert. Ich wollte euch beschützen, ich wollte euch eine bessere Welt schaffen!«

»Du wolltest nur deinen Kampf – es macht dir Spaß zu zerstören.«

Rafael stieß mit dem Rücken gegen die Wand, an der er sich hatte abstützen wollen, nun wurde sie für ihn zum unüberwindbaren Hindernis und die beiden fast menschlichen Raubkatzen kamen näher, ihre spitzen Zähne funkelten im Licht der Deckenlampe wie Edelsteine.

20. Kapitel

June hob müde den Kopf vom Lenkrad und wischte sich die Tränen ab. Sie wünschte sich, Alexis wäre da, um sie zu trösten, um sie aus der Realität wieder zurück in ihren gemeinsamen Liebestraum zu holen.

Ihr Blick fiel auf das Haus. Im Wohnzimmer brannte Licht, ihr Vater musste zurück sein.

Schweren Herzens stieg sie aus. Sie musste mit ihrem Vater sprechen, sie musste ihn warnen, vor Alexis und ihren Schwestern. Und sie musste zugeben, dass er Recht gehabt hatte: Alexis hatte sie die ganze Zeit über benutzt. Sie war auf ihn hereingefallen, hatte die Warnungen von ihrem Vater und Michael zu Unrecht in den Wind geschlagen, auf Kosten Michaels und ihrer Schwestern.

Plump und müde erhob sie sich aus dem Wagen, um sich ins Haus zu schleppen, doch es war, als hingen tonnenschwere Gewichte an ihren Beinen. Der Gang fiel ihr schwerer als jeder andere zuvor.

Sie trug ihre Liebe zu Alexis zu Grabe und der Sarg lastete schwer auf ihren Schultern.

Erst als June die Tür öffnete, hörte sie die Unruhe im Haus – Kampfgeräusche.

Schlagartig verflog ihre Müdigkeit, die Last fiel für einen Moment von ihr ab.

Sie schlich sich hinein, so leise wie möglich, wobei ihr der Lärm im Wohnzimmer zugutekam, er übertönte ihre Schritte.

Vom Flur aus hörte sie einen Schmerzensschrei ihres Vaters, dann das dumpfe Geräusch, mit dem er zu Boden ging.

Sie trat lautlos ins Wohnzimmer. Zum Glück unbemerkt, sodass sie sich einen Überblick über das Schlachtfeld verschaffen konnte – so, wie ihr Vater es ihr beigebracht hatte.

Auf diese Situation allerdings hatte er sie nicht vorbereitet. Kälte griff nach Junes Herzen. Sie wollte nicht wahrhaben, dass es ihre eigenen Schwestern waren, die mit ihrem Vater kämpften.

Mit den jungen Frauen, die eines Tages ihre Koffer gepackt und das Haus für immer verlassen hatten, hatten die beiden kaum noch Ähnlichkeit.

Ihre beiden Schwestern waren tatsächlich Vampire geworden. Alexis hatte seinen Plan in die Tat umgesetzt …

Zu den Füßen der beiden Vampirinnen krümmte sich ihr eigener Vater unter Tritten und Schlägen schmerzlich zusammen, ohne einen Versuch der Gegenwehr.

Trotz seiner Schwäche erkannte er seine jüngste Tochter im Halbdunkel des Flurs.

»June«, flüsterte er erleichtert.

June hatte einen Moment zu lange gezögert.

Ihr Vater hatte die Aufmerksamkeit der Schwestern auf sie gelenkt. Ann drehte sich als Erste nach ihr um.

»June«, wiederholte sie freudig.

Auch Jennifer wandte sich June zu, die allmählich ihre Fassung wieder fand. Sie musste sich darauf besinnen, dass sie nicht ihre Schwestern, sondern zwei Monster vor sich hatte.

Unglücklicherweise hatte sie keine Waffe griffbereit, sie hatte keine mitgenommen, weil sie mit Alexis das Haus verlassen und sich bei ihm sicher gefühlt hatte.

Schon der Gedanke trieb ihr die Tränen in die Augen.

Ann versetzte ihrem Vater einen weiteren heftigen Tritt, wenngleich der keine Anstalten machte, sich zu rühren, woraufhin er endgültig das Bewusstsein verlor.

»Das reinste Familientreffen«, kommentierte Ann belustigt.

Jennifer ergänzte lächelnd: »Ein einmaliges Ereignis.«

June schluckte schwer, bemüht, Haltung zu wahren. Die beiden Vampire sollten weder ihren Schmerz noch ihre Furcht bemerken.

»Ein freudiges Ereignis«, betonte Ann nochmals.

June setzte eine kalte und unberührte Maske auf.

»Ich kann mich nicht freuen, dass ihr kommt, um euren eigenen Vater zu töten.«

Ann zuckte nur mit den Schultern.

»Wir haben keinen Vater mehr.«

»Doch den habt ihr! Er liegt dort auf dem Boden und kann sich nicht rühren, weil ihr ihn fast tot geprügelt habt!«

June bemühte sich, möglichst gefasst zu bleiben, um ihre Angst verbergen.

»Der ist nicht länger unser Vater.«

»Natürlich ist er das.«

»Er hat sich für den Kampf gegen das *Böse* und gegen seine Familie entschieden.«

June fuchtelte aufgebracht mit den Händen.

»Das hat er nicht! Er hätte nie zwischen seinem Kampf und seiner Familie gewählt, er wollte beides verbinden. Ihr habt ihn im Stich gelassen, obwohl er die Unterstützung seiner Töchter gebraucht hätte.«

»Wir haben nur unser Leben geschützt, um nicht Teil des Leichenberges zu werden, über den unser Vater geht, um sein Ziel zu erreichen«, Ann lachte verächtlich auf, »Wir wollten uns schützen, und wo hat es geendet?«

Ihre Schwester sprach es nicht aus, doch June wusste, was sie sagen wollte – sie waren stets vor dem Kampf gegen die Vampire davongelaufen und doch hatte er sie eingeholt.

Beinahe hätte June Mitleid empfunden, doch als Ann nach ihr schlug, wurde ihr schlagartig bewusst, dass nicht ihre Schwestern, sondern Bestien vor ihr standen.

Hastig ging sie in die Hocke, um dann nach oben zu schnellen, sodass die Wucht des Aufpralls Ann zu Boden warf.

Ann war unvorbereitet, sodass sie unsanft auf dem Rücken landete. June baute sich über ihr auf, musste allerdings schon im nächsten Moment in Deckung gehen, um einem Angriff Jennifers zu entgehen.

Sie hatte Glück, ihre Schwestern waren erst seit kurzem Vampire, sie konnten die Wucht ihrer eigenen Schläge nicht einschätzen. Als Jennifers Schlag ins Leere ging, verlor sie das Gleichgewicht und kippte nach vorn.

June atmete tief durch und setzte an zu einem Sprint in Richtung des Schreibtisches, in dessen oberster Schublade ein Pflock griffbereit lag. Zugleich blickte sie vorsichtig zu ihrem Vater, er bewegte sich nicht, auf seine Hilfe konnte sie nicht hoffen.

June befand sich mitten im Schritt, als Ann, immer noch liegend, ihr linkes Bein packte und sie schmerzhaft zu Fall brachte.

June keuchte erschrocken auf und versuchte, sich wieder in die Höhe zu stemmen, doch immer noch hielt Ann ihr Bein umklammert. Zudem war Jennifer nun über ihr.

Das Gewicht ihrer Schwester drückte June fest auf den Boden und die spitzen Eckzähne der Vampirin blitzen auf.

Alexis hatte ein Taxi genommen, um June möglichst schnell zu folgen.

Er musste sie besänftigen und wollte nicht zulassen, dass ihre Liebe so einfach zerbrach. Er musste ihr klar machen, dass er seinen Plan aufgegeben hatte.

June musste ihm einfach glauben. Sie musste …

Die Haustür war verschlossen, also ging er um das Haus herum in den Garten. Wie so oft stand die Terrassentür offen, June hatte sie wohl offengelassen, als sie zusammen überstürzt das Haus verlassen hatten.

Glücklicherweise war sie in dieser Hinsicht sehr nachlässig. Wie sonst hätte er von ihrer ersten Begegnung an freien Zugang zum Haus der Meloys haben können?

Schon auf halber Strecke hörte er Stimmen im Haus, eine konnte er June zuordnen. Sie klang aufgewühlt und schrill, was ihn nach dem, was im Haus ihrer Schwestern geschehen war, nicht wunderte: Ihr Freund ein Betrüger, ihre Schwestern Vampire und ihr Vater das Ziel eines von langer Hand geplanten Racheaktes. Wie sollte sie anders, als mit Panik reagieren?

Allerdings antwortete ihr nicht Rafael Meloy, sondern eine Alexis' fremde Frauenstimme.

Im Garten angelangt konnte er bereits die Vampire riechen, sie rochen nach Blut, als hätten sie erst vor Kurzem getrunken.

Zu seiner Erleichterung war es nicht der Duft von Junes Blut, das hätte er auch unter tausend anderen Gerüchen erkannt.

June stritt laut mit den zwei Vampiren.

Alexis nutzte das und schlich ungehört an die Tür heran.

Er wollte einen günstigen Moment abwarten, um einzugreifen. Natürlich ahnte er, um welche Vampire es sich handelte – nach dem, was Frank gesagt hatte, waren es sicher Junes Schwestern.

Der Schrei seiner Liebsten ließ ihn hochschrecken.

Er konnte nicht länger warten. Er stürmte ins Haus, wo er June auf dem Parkettboden liegend vorfand, eine der Schwestern kauerte über ihr, bereit zum Zubeißen. Alexis zerrte die Vampirin von ihrer Schwester und schleuderte sie quer durch den Raum, bis sie gegen die Wand prallte und benommen zusammensackte.

»June, bist du verletzt?«

Seine Liebste funkelte ihn hasserfüllt an, dennoch reichte Alexis ihr eine Hand, um ihr aufzuhelfen.

»Lass mich in Ruhe!«

Sie schlug seine Hand fort und rappelte sich umständlich hoch, wurde allerdings festgehalten von der anderen Vampirin.

Alexis seufzte, dann versetzte er der hungrigen Blutsaugerin einen Tritt, sodass diese Junes Bein endlich losließ.

Die beiden Neuvampire stellten für ihn keine ernst zu nehmenden Gegner dar. Er war schon so lange Vampir, hatte so oft gekämpft und sich gestärkt, dass zwei Jungvampire ihm nicht gefährlich werden konnten.

»Lass es mich erklären, June! Es ist nicht so, wie du denkst.«

Aus dem Augenwinkel beobachtete er, wie die Vampirinnen sich wieder hochrappelten, bereit zum nächsten Angriff.

Es war kein günstiger Zeitpunkt, um das Missverständnis mit June auszuräumen.

Doch, ohne ihn weiter zu beachten, stürmte sie zum Schreibtisch. Zu Alexis' Überraschung zückte sie im nächsten Augenblick einen Pflock.

Vampire hin oder her, June war zu emotional, als dass sie ihre eigenen Schwestern als Feinde erkannte. Deshalb konnte Alexis sich nicht vorstellen, dass June ihre eigenen Schwestern angreifen würde. Er machte sich auf Junes Angriff gefasst und bereitet sich darauf vor, June abzuwehren, ohne sie zu verletzen.

Doch statt auf ihn stürzte June sich auf die blonde Vampirin, die gerade zu Alexis eilte, ohne, dass er Kenntnis davon nahm.

»Das wagst du nicht«, zischte die Vampirin katzenhaft, als June sich auf sie warf. Beide flogen gegen die Wand.

Junes Arm schnellte in die Höhe, dann stieß sie den hölzernen Pflock direkt in das Herz ihrer Schwester.

»Wie kannst du?«

Das Kreischen der anderen Vampirin, ebenso wie das der Sterbenden ging Alexis durch Mark und Bein. Schlimmer war nur der Anblick Junes, die sich keinen Millimeter rührte. Sie starrte mit festem Blick in die Augen ihrer sterbenden Schwester, ohne irgendeine Gefühlsregung zu zeigen. Ihre Miene war reglos wie das Gesicht einer Statue, es war nicht mehr June.

Alexis zuckte zusammen, als June den Pflock aus dem Leib ihrer Schwester riss.

Mit einem markerschütternden Schrei zerfiel die junge Frau zu Staub. Alexis schluckte schwer. Die andere Vampirin kauerte entsetzt an einer Wand, bibbernd vor Angst und leise wimmernd.

June stand da wie versteinert, den Blick auf den Pflock in ihrer Hand gerichtet.

Sie schluckte schwer. Dann endlich kullerte eine erste Träne über ihre Miene.

Erleichterung befiel Alexis, Junes Tapferkeit in allen Ehren, aber der Tod ihrer eigenen Schwester konnte sie nicht kalt lassen. Trotz der Seelenqualen, die sie so geschickt verbarg, wandte June sich ihrer letzten Schwester zu.

Die schoss blitzartig in die Höhe – nicht, um anzugreifen, sondern, um zu fliehen.

Alexis allerdings versperrte ihr den Weg.

Jason fluchte leise.

So hatte er sich das nicht vorgestellt.

Er hatte von seinem Versteck im Flur aus zusehen wollen, wie Rafael Meloy sein Ende fand, doch stattdessen wurde er Zeuge, wie seine beiden Dienerinnen sang- und klanglos untergingen.

Er wunderte sich, dass Alexis so schnell zur Stelle war – Frank hatte versagt, er hätte ihn länger aufhalten sollen.

Aber auch ohne ihren Beschützer zeigt die jüngste Meloy-Tochter sich erstaunlich kämpferisch. Jason hatte ihr nicht zugetraut, gegen ihre eigenen Schwestern zu kämpfen. June war wahrlich eine würdige Tochter für den größten Vampirjäger aller Zeiten, die beiden älteren dagegen waren eine Blamage.

Ein Wunder, dass Meloy sie nicht aus Scham verstoßen hatte ...

Im Angesicht der Leidenschaft, die June von ihrem Vater geerbt hatte und die ihr so ausgezeichnet stand, konnte Jason sogar nachvollziehen, dass Alexis Gefallen an ihr fand. Allerdings hatte er kein Interesse an ihrem Herzen, ihr Blut zu trinken und ihr in die Augen zu sehen, in dem Moment, als das Leben aus ihrem Körper wich, danach verlangte es ihm.

Entschlossen trat er aus seinem Versteck im Schatten hervor, wobei er Jennifer, die gerade versuchte, ihre Haut zu retten, den Weg versperrte.

Sie starrte ihn entsetzt an, er zuckte nur mit den Schultern.

»Sorry, Schätzchen, ich habe keine Verwendung mehr für dich.«

Damit zückte er den Pflock, den er immer mit sich trug, um anderen Vampiren Respekt einzuflößen, und entledigte sich der überflüssigen Vampirin. Als sie zu Staub zerfiel, blickte Jason direkt in Alexis verwirrte Augen, der hatte offensichtlich nicht mit ihm gerechnet.

Peinlich, ein so alter Vampir hätte die Anwesenheit eines ebenso alten Vampirs spüren müssen, aber er hatte sich wohl zu sehr von June Meloy ablenken lassen.

Jason nutzte die einmalige Gelegenheit.

Ein gezielter Faustschlag schickte Alexis

zu Boden. Die folgenden Tritte wären nicht nötig gewesen, sie dienten lediglich zur Unterhaltung.

»Alexis!«

June war mit einem Mal blass, ihr Blick so angsterfüllt, dass sie nichts mehr von anderen Menschen unterschied. Die junge Frau war dem abtrünnigen Vampir vollkommen erlegen.

»Was für ein Vergnügen …«, murmelte Jason belustigt, als er von Alexis abließ.

Er würde später sterben.

Mit gemächlichen Schritten näherte er sich June Meloy, die ihn immer noch starr vor Entsetzen anstarrte. Er wartete nur darauf, dass sie versuchte, ihm zu entkommen. Einen gewissen Vorsprung wollte er ihr gewähren, einholen würde er sie schließlich mühelos. Er wollte die Panik in ihrem Gesicht sehen, im Gesicht der Frau, die ihm vor Kurzem so entschlossen entgegengetreten war.

Immer noch stand sie still, er lächelte.

»Du bist also die Frau, die es schafft einen Vampir zum Verräter an seinem eigenen Volk zu machen?«

Er musterte sie eingehend, diese versteinerte Gestalt. Ihr Blick war fest auf ihn gerichtete, sie antwortete nicht einmal. Sie war vollkommen verängstigt.

»So besonders scheinst du mir gar nicht.«

Er zuckte mit den Schultern, mittlerweile stand er nur noch einen Schritt von ihr entfernt. Sie musste zu ihm aufsehen, und sie tat es, statt wie ein gewöhnlicher Mensch ängstlich den Blick abzuwenden.

Die Angst war aus ihrem Blick verschwunden, Stolz und Selbstsicherheit traten an ihre Stelle.

Einen Moment lang sahen sie sich nur beide in die Augen, Jason wartete darauf, dass der Mut sie endlich verließ. Aber offensichtlich war es sinnlos, also beließ er es mit einem Schulterzucken bei einem Unentschieden.

Er hatte nicht ewig Zeit, irgendwann würde Alexis wieder zu sich kommen.

Jason spannte seine Muskeln an, für den Fall, dass sie versuchen sollte, sich zu wehren.

»Ich wüsste gerne, woran es liegt, das Alexis dir so verfallen ist, dass er sich sogar gegen mich aufgelehnt hat …«

Plötzlich veränderte sich Junes Miene, Freude flammte darin auf, zu Jasons Verwunderung.

»Alexis arbeitet nicht für dich?«, sie klang beinahe euphorisch.

Jason hatte allerdings nicht vor, seinem Opfer Rede und Antwort zu stehen, das hatte er nicht nötig.

»Ich gebe zu, es hat einen gewissen Reiz, die Tochter des großen Rafael Meloy.«

Aus dem Augenwinkel sah er den bewusstlosen Jäger, unvorstellbar, dass er sich vor diesem Mann gefürchtet hatte, der von seinen eigenen Töchtern bewusstlose geprügelt worden war.

June hielt den Blick fest auf ihn gerichtet, dann plötzlich trat sie nach seinen Beinen.

Der Tritt war schmerzhaft und unerwartet kraftvoll, doch Jason gab sich nicht die Blöße, sich etwas anmerken zu lassen. Blitzschnell ging er in die Knie, fasste ihr schmales Fußgelenk und zog ihr so den Fuß weg, dass nach hinten umkippte. Sie stöhnte auf, als ihr Kopf auf dem harten Parkett aufschlug.

Der Sturz hatte seine Wirkung gehabt, in der Luft lag ein Hauch von Blut, der Jason daran erinnerte, wonach es ihn wirklich gelüstete.

»Da du meine Konversation nicht zu schätzen weißt, kommen wir zur Sache.«

Er grinste breit, verhinderte jedoch bewusst nicht, dass June wieder auf die Beine kam.

Es war lustig anzusehen, wie sie versuchte, gegen den Schwindel, den ihre Kopfwunde verursachte, anzukämpfen und dabei mit ihren eigenen zitternden Beinen überfordert schien, er musste beinahe lachen.

Junes Blicke wanderten orientierungslos im Raum umher, konnte aber nichts fixieren. Endlich sah Jason, worauf er gewartet hatte: Panik und Hilflosigkeit.

Er lachte höhnisch.

Mit eisernem Griff fasste er sie bei den schmalen Schultern. Sie war so nah. Ihr Blut duftete verlockend, die Angst in ihren Augen verstärkte seinen Hunger nur noch.

»Ich wollte schon immer wissen, ob das Blut einer Jägerin anders schmeckt«, verkündete er.

June versuchte vergeblich, sich aus seinem Griff zu winden. Mit ihren hektischen Bewegungen überforderte sie sich selbst, nur seine Arme hielten sie noch auf den Beinen. Sie sollte nicht stürzen – er hatte keine Lust sich zu bücken.

Theatralisch warf Jason den Kopf zurück und schlug seine Zähne in ihren Hals.

Ihr Blut schmeckte wie das jedes anderen Menschen auch. Sie war nichts Besonderes.

Ihre Augen weiteten sich vor Angst, wie Jason es schon bei vielen Menschen gesehen hatte.

Verzweifelte Versuche, um Hilfe zu schreien, entwanden sich ihrer Kehle. In verzweifelter Hoffnung sah sie zu Alexis, der sich nach wie vor nicht rührte.

Minuten lang trank Jason das Blut der letzten Tochter des Jägers, in aller Ruhe.

Er genoss es, ihren Schmerz zu spüren. Bis er spürte, wie ihr Herz seinen Dienst versagte, es pumpte kein Blut mehr.

Als Jason von ihr abließ, sah er in ihre weit aufgerissenen Augen, die leer und glasig geworden waren. Achtlos ließ er die Leiche fallen.

21. Kapitel

Alexis hörte ein dumpfes Geräusch.

Sein Kopf schmerzte entsetzlich, in seinem Mund schmeckte er Blut, schal und bitter.

Unwillkürlich musste er es ausspucken, als er sich aufrichtete, wobei er sich an der Wand stützen musste.

Sein Blick klärte sich erst nach und nach. Er erinnerte sich noch dunkel an Jasons Faust, die auf sein Gesicht zuraste.

Dann sah er plötzlich den Vampir wenige Meter von sich entfernt, er grinste triumphierend, seine Lippen waren unnatürlich rot.

Die Luft roch befremdlich und irgendwie verführerisch. Mit einem Mal fiel es ihm wie Schuppen von den Augen, die Luft war geschwängert von Blut, demselben Blut, mit dem Jasons Mund verschmiert war.

Alexis' Herz setzte einen Moment aus. Hinter Jason auf dem Boden lag June, vollkommen reglos, ihre weiße Bluse war von Blut durchtränkt. So angestrengt er auch lauschte, er konnte ihren Herzschlag nicht vernehmen.

»June!«

Alexis rannte achtlos an Jason vorbei und ging neben seiner Liebsten in die Knie.

Ihre wunderschönen Augen waren schreckensgeweitet, jedoch bar jeden Lebens, glasig und starr, wie er sie noch nie gesehen hatte.

»June …«, wiederholte er, in der Hoffnung, sie möge auf seine Stimme reagieren. Sie reagierte nicht. Sie atmete nicht einmal.

»Du bist verweichlicht, Alexis.«

Jasons Stimme drang wie durch einen dichten Nebel zu ihm und er ignorierte sie. Er konnte den Blick nicht von Junes leblosen Körper wenden. An ihrem wunderbaren Hals prangten zwei hässliche, tiefe Bisswunden, verschmiert mit Blut.

»Ehrlich gesagt, hat sie mich enttäuscht. Ich dachte, sie macht es mir schwerer«, fuhr Jason amüsiert fort, »oder, dass sie wenigstens besonders gut schmeckt …«

Das war zu viel. Alexis warf sich auf Jason, der sogar noch lachte, als er bereits gegen die Wand prallte.

»Du warst wirklich in dieses Weib verliebt!«, rief er unter schallendem Gelächter.

Alexis war nicht wütend, im Gegenteil, er fühlte sich taub und gefühllos.

Jasons Bild wurde immer undeutlicher, er sah June vor seinem geistigen Auge, wie sie lachte, wie sie weinte, wie sie in seinen Armen schlief. Und dabei war ihm bewusst, dass er das nie wieder sehen würde, weil June tot war.

Alexis ließ Jason los.

Er fühlte sich ohnmächtig, sein Körper schien nicht mehr zu ihm zu gehören. Nichts spielte mehr eine Rolle. Er wollte nur June, ohne es wirklich zu merken, wandte er sich wieder dem Leichnam zu.

»Mein Gott, Alexis! Wie kannst du nur so dumm sein?!«, rief Jason verärgert aus, »Sie war nur ein Mensch – ein absolut gewöhnlicher. Nicht mehr als ein leckerer Mitternachtssnack und du machst dich ihretwegen zum Verräter?«, wetterte Jason aufgebracht, doch für Alexis schien es, als wäre er weit entfernt, in einer anderen Welt.

Es war ihm egal, er wollte nichts hören.

Immer noch starrte er June an. Wieso wachte sie nicht einfach wieder auf?

»Hörst du mir überhaupt zu?«

Alexis kniete neben June nieder, hielt eine Hand dicht über ihren Mund und ihre Nase, in der Hoffnung, einen Atemzug zu spüren.

Nur ein winziges Zeichen dafür, dass sie noch lebte. Aber da war nichts.

Hinter ihm ging Jason wie ein Tiger im Käfig auf und ab.

»Alexis! Weißt du eigentlich, warum ich mit dir rede? Ist dir nicht klar, dass ich dich eigentlich umbringen müsste?«

Alexis funkelte ihn drohend an.

»Tu es doch!«

Endlich war Jason still, er hatte nicht mit dieser Antwort gerechnet. Nur deshalb hatte Alexis geantwortet, er wollte seine Ruhe.

Dann hörte er nur noch einen erstickten Schrei hinter sich.

Erst mit einiger Verspätung drehte er sich um. Jason war verschwunden, Ascheflocken sanken langsam zur Erde nieder – durch die Aschewolke hindurch sah er Rafael Meloy, übersät von Wunden und blauen Flecken, in der Hand einen Pflock.

Nun sah er auf seine tote Tochter.

»Ist sie verletzt?«, fragte er Alexis leise.

Zum ersten Mal seit Langem spürte Alexis Tränen in sich aufsteigen.

Rafael hatte noch nicht realisiert, was passiert war. Wie sollte er ihm sagen, dass seine Tochter tot war?

Er zögerte und Rafael Meloy kam näher. Alexis hörte, wie er den Atem anhielt und der Pflock klackernd zu Boden fiel.

»Er hat sie gebissen«, flüsterte Alexis ängstlich, er befürchtete einen Wutausbruch des Jägers, wenn er realisierte, was passiert war, »Sie ist tot.«

Rafael fiel neben Alexis auf die Knie und beugte sich über seine Tochter, er wollte es nicht wahrhaben, er rüttelte sie, rief ihren Namen und mit jedem Mal wurde sein Blick panischer.

Dann wand er sich Alexis zu und schüttelte ihn ebenso.

»Tu was!«, schrie er, »Du kannst sie nicht sterben lassen.«

Tränen standen in seinen Augen.

»Ich kann nicht …«, hauchte Alexis nur, es war schrecklich, den verzweifelten Vater zu sehen.

»Natürlich kannst du das! Du bist du ein Vampir!«

Alexis schluckte schwer.

»June würde das nicht wollen …«

Bisher hatte er diese Möglichkeit nicht bedacht. Er war ein Vampir, er konnte June zu seinesgleichen machen, ihr ewiges Leben schenken. Er konnte sie zurückholen.

»Sie würde auch nicht sterben wollen!«

Alexis dachte gar nicht weiter nach, er hätte diese Idee früher haben sollen. Es war lange her, dass er einen Vampir erschaffen hatte, Frank war der Letzte gewesen.

Es war so leicht.

Aber er durfte keine Zeit mehr verlieren.

Entschlossen führte er sein Handgelenk an die Lippen und biss zu.

Wieder schmeckte er sein totes Blut und führte das blutende Handgelenk an Junes Lippen. Sie waren noch warm und weich, wie er sie so gerne auf seiner Haut spürte.

Die Berührung erinnerte ihn ein wenig an einen Kuss.

Jedoch nur der leidenschaftslose, leblose Kuss einer Toten.

Alexis hob ihren Kopf mit der anderen Hand leicht an, um ihn an sein Handgelenk zu drücken, dabei spürte er das warme Blut an ihrem Hinterkopf, eine große Platzwunde.

Jason hatte sich nicht damit begnügt, sie zu beißen, er hatte mit ihr gespielt.

Zu schade, dass er schon tot war.

»Funktioniert es?«, brachte Rafael ängstlich hervor.

»Ich weiß es nicht …«, antwortete Alexis wahrheitsgemäß.

Rafael strich liebevoll über die schweißnasse Stirn seiner Tochter. Schon seit Stunden lag sie in diesen Fieberkrämpfen, sie stöhnte und wand sich, öffnete aber kein einziges Mal die Augen.

Alexis hielt es schon seit einer Stunde nicht mehr aus, am Bett zu sitzen und ihre Hand zu halten. Der Anblick machte ihm Angst, er wollte sie nicht leiden sehen.

Immer noch stand ihm das Bild vor Augen, wie sie in ihrem eigenen Blut auf dem Boden gelegen hatte.

Rafael hatte sie hochgetragen und ins Bett gelegt, das meiste Blut abgewaschen und sie in ein sauberes Nachthemd gesteckt.

»Hat sie Schmerzen?«, fragte er schließlich, ohne Alexis anzusehen.

Der stand immer noch am Fenster und sah hinaus.

Es war wieder Nacht.

Junes Verwandlung dauerte mittlerweile fast einen ganzen Tag. Alexis erinnerte sich nicht mehr an seine eigene, dafür umso besser an die von Jonathan und Frank – beide hatten viel Zeit gebraucht, um diese Erfahrung zu verarbeiten.

»Ja«, antwortete er schweren Herzens.

»Große Schmerzen?«

»Ja.«

Rafael Meloy schluckte hörbar laut, Alexis konnte nicht beurteilen, ob Rafael weinte, und er wollte es auch nicht wissen.

Die neue Nähe zwischen ihnen beiden war beängstigend. Mit einem Mal, ohne ein Wort zu sagen, hatte Rafael Meloy ihn als Freund seiner Tochter akzeptiert, er machte ihm weder Vorwürfe, noch stellte er Fragen über Jason oder die Vampirschwestern.

»Wie lange wird das noch dauern?«

Alexis seufzte und blickte unruhig auf seine Uhr. Bei Frank und Jonathan hatte die Verwandlung nicht annähernd so lange gedauert, nur ein paar Stunden. Es war kein Vergleich zu dem, was June durchmachte.

»Ich denke nicht mehr lange«, versicherte Alexis, um Rafael zu beruhigen.

Indes sorgte er sich heimlich, dass June die Verwandlung nicht überlebte.

Vielleicht hatte er zu spät gehandelt. Junes Herz hatte Minuten lang stillgestanden, bevor Alexis ihr sein Blut eingeflößt hatte – es war ein Wunder, dass es von Neuem angefangen hatte, zu schlagen.

Es hatte ihm eine Gänsehaut bereitet, als er den ersten schweren Schlag ihres Herzens hörte.

Nach einer Weile hatte er sogar gespürt, wie June sein Blut schluckte, wie sie an seinem Arm saugte und nach mehr gierte. Sie hatte viel getrunken, ohne dass Alexis dem Einhalt geboten hatte, weil er wusste, wie dringend sie diese Stärkung brauchte.

Erst als die Krämpfe begannen, hatte sie aufgehört zu trinken.

June stöhnte laut. Voll Mitleid sah Alexis zu ihr, sie sah immer noch sehr mitgenommen aus. Immerhin hatte ihr neues Leben sich schon so weit stabilisiert, dass die Platzwunde an ihrem Kopf sich geschlossen hatte, auch die Bisswunden heilten allmählich.

»Sorgst du dich um sie?«, wollte Rafael plötzlich wissen.

»Natürlich.«

Rafael schwieg eine Weile, aber Alexis wusste genau, dass er etwas sagen wollte, also wartete er ab.

»Was wirst du tun, wenn sie wieder zu sich kommt?«

»Ich muss fort von hier, die Vampire werden nicht vergessen, dass ich sie verraten habe, und sie werden mir sicher auch Jasons Tod anhängen. Man wird mich jagen. June werde ich mitnehmen, sie ist jetzt ein Vampir, sie braucht jemanden, der ihr hilft, sich mit dem neuen Leben anzufreunden. Ich bin verantwortlich für sie, ich habe sie schließlich verwandelt.«

Rafael dachte schweigend nach.

»Wenn das alles ist, lasse ich sie nicht mit dir gehen.«

Alexis verstand und musste lächeln, es kam ihm fast vor, als prüfte Rafael ihn, ob er der Richtige für June war.

Zum ersten Mal erlebte er Rafael Meloy tatsächlich als Vater und konnte sein Handeln nachvollziehen.

»Nein, das ist nicht alles. Ich will sie bei mir haben, ich will nicht ohne sie fortgehen. Ich liebe June.«

Er lächelte, aber Rafael Meloy blieb ernst.

»Dann gebe ich sie in deine Obhut.«

Es klang sehr feierlich, wie er das sagte, aber auch sehr besitzergreifend.

»Du musst versprechen, dass du sie beschützt, mit deinem eigenen Leben, egal was passiert, für immer.«

Alexis lächelte.

»Ich werde gut auf sie aufpassen, ihr wird nie wieder etwas zustoßen.«

Junes Kopf schmerzte und in ihren Ohren dröhnte ein ständiges Pochen. Als sie die Augen öffnete, brannte das schwache Licht der Nachttischlampe darin wie Feuer.

Schnell schloss sie die Augen wieder, bevor sie sich stöhnend zur Seite drehte.

Ein vertrautes Lachen erklang irgendwo neben ihr.

»Ich mache das Licht aus, dann wirst du dich besser fühlten«, versprach Alexis, immer noch schwang in seiner Stimme ein gemeines Lachen mit.

June wollte ihn am liebsten ohrfeigen – wie konnte er sie auslachen, wo sie sich doch fühlte, als müsste sie im nächsten Moment sterben.

Endlich hielt er sein Versprechen und das grelle Licht verschwand. Die Dunkelheit fühlte sich angenehm kühl an, das Brennen wurde allmählich schwächer und sie wagte erneut die Augen zu öffnen.

Es gab kein Licht mehr, trotzdem konnte sie alles sehen, ihre Augen mussten sich nicht mal an die Dunkelheit gewöhnen. Neben dem Bett saß Alexis rittlings auf einem Stuhl, die Arme hatte er auf der Rückenlehne verschränkt und das Kinn darauf gelegt, sodass er sie beobachten konnte.

Er lächelte, wenngleich sein Blick erschreckend ernst war.

»Hast du noch Schmerzen?«, fragte er flüsternd.

June erinnerte sich dunkel daran, dass sie lange Schmerzen gehabt hatte, dann als sie endlich aufgehört hatten, war sie erschöpft eingeschlafen.

Bruchstückhaft erinnerte sie sich auch an den Kampf mit dem Vampir, an die Wunde an ihrem Hinterkopf, der immer noch davon schmerzte, und an den Biss.

»Es geht«, murmelte June, ihr Mund war trocken und schmeckte fremdartig schal.

»Weißt du noch, was passiert ist?«

June schloss die Augen, ihre Erinnerungen waren so verschwommen, als lägen sie weit zurück – Jahre oder Jahrzehnte sogar.

»Meine Schwestern waren hier … und der Vampir …«

Sie versuchte all die Bilder, die sie vor sich sah, irgendwie zu ordnen.

Alexis wartete einen Moment ab, dann half er ihr weiter: »Es gab einen Kampf.«

»Meine Schwestern waren Vampire … sie wollten meinen Vater töten und mich auch.«

»Und du hast dich verteidigt«, ergänzte Alexis ruhig.

»Ich habe sie getötet, oder?«

Sie erinnerte sich an Anns Gesicht, der entgeisterte Ausdruck in ihren Augen, als der Pflock sich in ihr Herz bohrte.

Es war so leicht gewesen, fast als hätte sie gar keine Kraft aufbringen müssen.

»Du hattest keine Wahl, du musstest dich verteidigen.«

June nickte traurig, dabei hatte sie das Gefühl, ihr Kopf würde zerspringen.

»Dann war da noch der andere Vampir. Er hat dich niedergeschlagen«, erinnerte sie sich.

Alexis nickte zerknirscht.

Krampfhaft versuchte June, das weitere Geschehen zu rekonstruieren, es war unmöglich, alles war durcheinander, die Bilder in ihrem Kopf waren durcheinander.

»Er hat mich gebissen.«

Sie hob eine Hand und tastete nach ihrem Hals, um sich zu versichern, ob es nicht nur ein Traum gewesen war.

Tatsächlich! Ihre Fingerspitzen streiften eine verkrustete Wunde. Sie erinnerte sich an das Nichts, das auf den Biss folgte.

»Was ist dann passiert?«

Alexis zögerte, sein Blick wanderte im Raum umher, bis er schließlich wieder ihr Gesicht erreichte.

»Er hat dein Blut getrunken.«

»Hast du mich gerettet?«

Sie erinnerte sich nicht an den weiteren Kampf.

Nur an die Schmerzen danach.

Ein Gefühl als stäche man tausend feine Nadeln in ihren Körper, wieder und wieder, ununterbrochen und unaufhörlich.

»Nein, June, ich war zulange bewusstlos. Du bist gestorben.«

Sie wollte widersprechen, weil sie doch spürte, dass sie lebte – und bis auf ihren Kopf und den Hals, schien sie unverletzt.

Sie öffnete bereits die Lippen, setzte an zu sprechen, dann erschrak sie und sie starrte ihn an.

»Bin ich …«, sie konnte es nicht aussprechen.

»Ja, Liebes, du bist ein Vampir«, er machte eine kurze Pause, »Es ging nicht anders, ich musste dich verwandeln.«

Alexis seufzte, bemüht zu lächeln.

»Ich konnte dich nicht gehen lassen.«

June schloss die Augen.

»Ein Vampir«, wiederholte sie leise.

Alexis beobachtete sie mit großer Sorge. Zunächst glaubte er, sie habe über den Schrecken das Bewusstsein verloren, dann öffnete sie die Augen wieder. Ihr Blick war klar und fest.

Sie erholte sich schnell von den Strapazen der Verwandlung, schneller als er erwartet hatte, nachdem sie so lange ohne Bewusstsein gewesen war.

»Alles in Ordnung?«, erkundigte er sich besorgt.

»Ja«, antwortete sie voller unendlicher Erleichterung, »Ich bin nur so froh, dass dir nichts passiert ist.«

»Was?«

Er konnte seine Verwirrung nicht verbergen. Warum sollte ihm denn etwas zugestoßen sein? Sie hatte im eigenen Blut, tot auf dem Boden gelegen, nicht er!

»Ich hatte solche Angst, als du bewusstlos am Boden lagst.«

Alexis seufzte.

»Du hattest Angst? Ich habe doch nur einen Schlag ins Gesicht abbekommen«, er winkte verächtlich ab, »Was denkst du, wie es mir ging, als ich dich da liegen sah!«

June lächelte.

Unfassbar, diese Frau!

Sie lächelte einfach.

Aber er konnte nicht anders, er lächelte auch und genoss die Ruhe, die sie ausstrahlte, sowie die Erleichterung, dass er sie nun wieder hatte.

»Bist du mir nicht mehr böse?«, wollte er nun wissen, immerhin war es noch nicht lange her, dass sie ihn im Haus ihrer Schwestern hatte stehen lassen.

»Nein, ich weiß ja, dass du nichts getan hast. Der andere Vampir hat es mir gesagt, dass du ihn verraten hast.«

Alexis dachte kurz nach. Sollte er ihr sagen, dass Frank die Wahrheit gesagt hatte über seinen Racheplan gegen die Familie Meloy?

Sollte er riskieren, sie erneut gegen sich aufzubringen, sie nochmals zu verlieren?

Wozu?

Es war vorbei, niemand würde jemals wieder davon sprechen. Und wozu sollte er June damit noch belasten?

Nach alledem, was passiert war, war die Wahrheit nicht mehr von Bedeutung.

»Ich liebe dich«, flüsterte er stattdessen.

June streckte ihm eine Hand entgegen, die er hastig ergriff und mit überschwänglichen Küssen bedeckte. Sie lächelte und richtete sich mühevoll auf.

Schon wollte sie sich aus dem Bett befreien, doch er kam ihr zuvor. Geräuschvoll fiel der Stuhl um, als er achtlos davon auf und zu June ins Bett sprang.

Wie wundervoll es sich anfühlte, als ihre dünnen Arme sich um ihn schoben und ihre Lippen seine fanden. Sie verschlang ihn regelrecht, wohingegen er versuchte, sich zu zurückzuhalten. Er wollte sie schonen.

Epilog

June legte ihr Armband behutsam zurück in die kleine Schmuckschatulle, wobei sie peinlich genau darauf achten musste, nicht den kreuzförmigen Anhänger zu berühren.

Seit sie ein Vampir war, verbrannte das goldene Kreuz ihre Haut, sobald sie damit in Berührung kam. Trotzdem war es für sie zu wertvoll, als dass sie es vernichten könnte – es war das einzige Andenken an ihren Vater.

»Hey Süße, was tust du?«

Alexis stand in der niedrigen Tür zu ihrem Schlafzimmer. Geräuschlos kam er näher und legte von hinten her seine Arme um ihren Oberkörper und den Kopf auf ihre Schulter. So sah er die Schatulle in ihrer Hand.

»Pass auf, dass du dich nicht verletzt.«

Er hauchte einen Kuss auf ihren Hals. June nickte gehorsam und seufzte schmerzlich.

»Ich vermisse meinen Vater.«

Ihre nächtliche Flucht lag nun schon ein halbes Jahr zurück. Ihr Vater und die Jäger hatten die Vampire angegriffen, wodurch Alexis und June unbemerkt entkommen konnten.

In dieser Nacht hatten sie es noch bis zur französischen Grenze geschafft, in der nächsten Nacht hatten sie bereits ihren vorläufigen Unterschlupf erreicht.

Ihre Zuflucht war eine Gemeinschaft von Vampiren, die sich auf einem verlassenen Bauernhof in Südfrankreich niedergelassen hatte. Alexis kannte dort ein paar Leute, die ihnen eine gemütliche Wohnung im Dachgeschoss einer umgebauten Scheune vermittelt hatten.

»Ich verstehe.«

Alexis wiegte sie tröstend.

Anfangs hatte June sich vor dem Zusammenleben mit den Vampiren gefürchtet, immerhin war ihr Vater ein Vampirjäger und damit der erklärte Erzfeind aller Vampire.

Inzwischen hatte sie aber festgestellt, dass die zurückgezogen lebenden Vampire nichts von alledem wissen wollten. Sie lebten in dieser abgelegenen Gegend und versuchten sich aus dem Krieg zwischen Jägern und Vampiren herauszuhalten.

»Ich würde ihn so gerne sehen.«

Alexis küsste sie erneut.

»Du weißt, dass ich dir das nicht erlauben kann. Wir dürfen nichts tun, was die Jäger auf diesen Ort aufmerksam macht.«

June nickte traurig.

Es wäre zuviel von ihrem Vater verlangt,

dass er sich von der Vampirjagd abwandte, weil seine Tochter zu einem Vampir geworden war.

Vermutlich jagte er die Vampire nun noch erbitterter als zuvor, um Rache zu nehmen.

»Wir können ihn nicht hierher holen, June, die Vampire hier würden ihn als Bedrohung empfinden. Im Moment können wir ihn aber auch nicht besuchen, weil man mit Sicherheit immer noch nach mir sucht«, besänftigend strich er über ihre Arme, »Aber gib uns noch etwas Zeit, bis wir in Vergessenheit geraten sind, dann fahren wir zu deinem Vater«, mühelos drehte Alexis sie zu sich um, »Versprochen.«

Er besiegelte sein Versprechen mit einem leidenschaftlichen Kuss.

June schlang ihre Arme um seinen Nacken und sah lächelnd zu ihm auf.

Ganz gleich, wie sehr sie ihren Vater vermisste, war sie doch froh, dass sie nun endlich mit Alexis zusammen sein konnte, ohne Angst vor Vampiren oder Jägern haben zu müssen. Endlich konnten sie einfach die Zeit miteinander genießen.

Ende